KB170030

아리스토텔레스 시학

아리스토텔레스(BC 384-322)

현대지성 클래식 35

아리스토텔레스 시학

PERI POIETIKES

아리스토텔레스 | 박문재 옮김

현대
지성

| 차례 |

일러두기

1. 『시학』은 원래 두 권으로 구성되어 있었다. 1권에서는 비극과 서사시를, 2권에서는 희극을 다루었지만, 지금은 1권만 전해진다. 현재 『시학』은 26장으로 구분되어 있다. 하지만 이러한 장 구분도 원래 있던 것이 아니라, 르네상스 시대에 그리스어 판본을 편집하면서 시작한 것이다.
2. 이 책에서 옮긴 『시학』의 번역 대본으로는 다음 그리스어 원전을 사용했다. S. Halliwell, *Aristotle: Poetics,* Loeb Classical Library(Harvard University Press, 1995).
3. 『시학』을 인용하거나 참조할 때 편리하도록 Immanuel Bekker, *Aristotelis Opera*(Berlin, 1831)에 수록된 본문의 쪽과 단과 행을 표기했다. 『시학』은 베커 판본의 1447-1462쪽에 수록되어 있고, 2단으로 되어 있어서 a는 왼쪽 단, b는 오른쪽 단을 나타낸다. 예를 들어, 1456a15는 1456쪽 왼쪽 단 15행을 가리키고, 1456b20은 1456쪽 오른쪽 단 20행을 가리킨다.
4. 그리스어 인명 및 지명은 외래어 표기법을 따랐다.
5. 본문 각주는 모두 역자가 붙인 것이다.

제1장

모방으로서의 시와 모방 수단

시[1]는 무엇이고, 갈래는 몇 가지이며, 각 갈래에는 어떠한 특징과 효과가 있는가? 좋은 시가 되려면 플롯[2]을 어떻게 구성해야 하는가? 시의 구성요소는 몇 가지이고, 성격은 각각 어떠한가? 여기에서는 1447a 10

1 여기에서 "시"로 번역한 그리스어는 '포이에티케'(ποιητική)로, 직역하면 '만들어낸 것, 창작물'이며 시를 지칭하는 말이다. 이 책 제목인 '페리 포이에티케스'(Περὶ ποιητικῆς)는 직역하면 '창작물에 관하여'이므로, "시학" 또는 "시론"으로 옮길 수 있다. 아리스토텔레스는 서정시나 서사시뿐 아니라, 비극이나 희극도 "시"의 갈래에 넣는다. 시에 대한 아리스토텔레스의 정의를 보면 그렇게 분류하는 이유를 이해할 수 있다.

2 『시학』에서 아리스토텔레스는 "플롯"을 단순히 '뮈토스'(μῦθος, 이야기)라고 말하거나, "이야기나 사건들의 구성"이라는 표현을 사용한다. 이 책에서는 그러한 것을 모두 "플롯" 또는 "플롯의 구성"으로 옮겼다. 플롯은 여러 사건을 엮어 짜서 구성하는 것이고, 플롯의 결과물을 이야기(story)나 줄거리(storyline)라고 할 수도 있겠지만 차이점은 있다. 플롯이 사건의 구성이나 짜임새를 강조한다면, 이야기나 줄거리는 여러 사건이 이어져 있는 것을 가리킨다.

이런 것을 주로 다루겠지만, 그 밖에 이 주제와 관련 있는 내용도 언급할 예정이다. 먼저 이 주제와 관련해서 가장 기본이 되는 원리부터 말하는 것이 순서상 자연스러울 것이다.

15 서사시와 비극, 희극과 디티람보스[3], 피리나 키타라 연주를 위해 지은 곡 대부분[4]은 모두 모방[5]에 속한다. 하지만 이것들은 세 가지 면에서, 즉 모방할 때 사용하는 수단과 대상과 방식에서 서로 다르다. 다양한 대상을 모방하고 모사할 때 색과 형태를 이용하기도 20 하고(기술 혹은 기량을 발휘하며), 음성이라는 수단을 쓰기도 한다. 마찬가지로 앞에서 말한 예술도 모두 리듬과 언어와 선율이라는 수단을 개별적으로 사용하거나 서로 조합해 모방한다.

피리나 키타라 또는 (이를테면 목동이 사용한 피리처럼) 특징과 효 25 과가 비슷한 악기를 위해 만든 곡은 선율과 리듬만 사용하지만, 무

3 "디티람보스"는 고대 그리스에서 술의 신 디오니소스를 찬양하는 합창으로 신화에 나오는 내용을 노래와 춤으로 표현했다. 이것을 문학 장르로 발전시킨 인물이 기원전 620년경에 활동한 서정시인 아리온이었다. 디티람보스는 디오니소스의 별명이기도 하고, 디오니소스 축제 첫날에 공연되었으며, 기원전 470년경까지 성행했다.

4 "피리"와 "키타라"는 고대 그리스에서 아주 흔히 쓰인 악기로, 피리는 관악기였고, 키타라는 "리라"를 개량한 현악기였다. 가사가 없는 곡도 있으므로, 여기에서는 가사가 있는 곡만 가리키기 위하여 "곡 대부분"이라고 했다.

5 "모방"으로 번역한 그리스어는 '미메시스'(μίμησις)다. 미메시스가 "모방"과 "표현" 중 어느 쪽을 가리키는지를 놓고 논쟁이 많았지만, 아리스토텔레스가 특히 이 책 1460a에서 다음과 같이 말하는 것을 감안하면 미메시스는 모방에 더 가까워 보인다. "시인은 자기가 직접 나서서 말하는 것을 극히 삼가야 한다. 그러한 행동은 모방하는 사람인 시인이 할 일이 아니기 때문이다. 다른 시인들은 모방하는 것은 별로, 아니 거의 없으면서, 극 전체에 걸쳐 자신이 직접 나서서 휘젓고 다니지만, 호메로스는 도입부에 해당하는 짤막한 몇 마디 이후로는 곧바로 한 남자나 한 여자, 또는 어떤 다른 인물을 등장시키는데, 등장인물은 한결같이 개성이 뚜렷하다."

용에서는 선율 없이 리듬만 사용해서 모방한다(무용가는 동작으로 나타나는 리듬을 사용해서 성격과 감정과 행위를 모방하기 때문이다). 오직 언어만 사용해서 모방하는 예술도 있는데, 거기에서는 산문이나 운 1447b 문을 사용한다. 운문을 사용하는 경우에는 서로 다른 여러 운율을 조합하거나, 단일 운율을 사용하기도 한다. 하지만 산문과 운문을 포괄하는 명칭은 아직까지 없다. 한편으로는 소프론과 크세나르코 10 스의 모방극[6], 소크라테스의 대화편을, 다른 한편으로는 단장 3보격 운율[7], 비가[8], 그 밖의 여러 다른 종류의 운율을 사용해 모방한 것을 통칭하는 명칭이 없기 때문이다.

흔히들 운율의 명칭에 '시인'이라는 말을 덧붙여, 비가시인, 서사시인 등으로 부르지만, 그러한 명칭은 그들이 모방을 행한 대상이 15 나 방식이 아니라 사용한 운율에 따라 일률적으로 붙인 것에 불과하다. 그래서 누군가가 의술이나 자연철학에 관해 글을 썼다고 해도 운문으로 썼다면, 그 사람을 시인이라고 부르는 것이 관행이다.

6 "모방극"(그리스어로는 μῖμος, 미모스)은 일상생활의 이런저런 일이나 신과 영웅들의 에피소드를 촌극 형태로 표현한 조잡한 광대극이다. 이전의 모방극은 모두 운문이었지만, 기원전 5세기 말에 시라쿠사 섬에서 "소프론"과 그의 아들 "크세나르코스"가 산문으로 썼기 때문에, 여기에서 플라톤이 쓴 "소크라테스의 대화편"과 함께 산문을 사용한 모방의 예로 나온다.

7 영어의 운율은 강약을 토대로 하는 반면, 고대 그리스의 운율은 음절의 장단을 토대로 했다. "단장 3보격 운율"은 단음과 장음 조합을 세 번 반복하는 운율이다.

8 "비가"는 주로 죽은 사람을 애도하는 시인데, 6보격 행과 5보격 행이 결합된 2행 연구(聯句)를 단위로 하는 운율을 사용한다.

하지만 호메로스[9]가 쓴 글과 엠페도클레스[10]가 쓴 글은 운율 외에는 전혀 공통점이 없다. 그렇기 때문에 호메로스는 시인이라고 불릴 수 있지만, 엠페도클레스는 시인보다는 자연철학자라고 불려야
20 옳을 것이다. 따라서 어떤 사람이 온갖 운율을 섞어 모방해서 글을 썼더라도, 우리는 그를 시인이라고 불러야 한다. 카이레몬이 온갖 종류의 운율을 함께 사용해서 쓴 광시곡인 『켄타우로스』가 그러한 예다.[11] 이러한 구별에 관해서는 이 정도로 해두자.

25 또 디티람보스, 송가[12], 비극, 희극처럼, 앞에서 말한 모든 수단, 즉 리듬과 선율과 운율을 모두 사용하는 예술이 있다. 디티람보스와 송가는 모든 부분에서 이 모든 수단을 동시에 사용하지만, 비극과 희극은 부분적으로만 사용한다는 면에서 서로 다르다.

나는 이것을 여러 예술 사이의 모방 수단상의 차이라고 부른다.

---

9 "호메로스"는 고대 그리스의 서사시인으로, 기원전 800-750년 사이에 『일리아스』와 『오디세이아』라는 가장 오래되고 유명한 서사시를 썼다. 아리스토텔레스는 『시학』 곳곳에서 호메로스를 극찬한다.

10 "엠페도클레스"는 고대 그리스에서 기원전 5세기경에 활동한 자연철학자이다. 4원소(물, 공기, 불, 흙)의 사랑과 투쟁을 거쳐 만물이 생겨났다고 주장한 것으로 유명하다. 그가 남긴 『자연론』은 6보격 운율로 쓰였고, 아리스토텔레스는 이 저작의 예술성을 아주 높이 평가했지만, 그렇다고 해도 그 작품은 시가 아니며 엠페도클레스 역시 시인은 아님을 강조한다.

11 "카이레몬"은 아리스토텔레스와 동시대인으로, 기원전 4세기에 활동한 아테네 출신 시인이다. 『켄타우로스』에 관해서는 알려진 것이 없다. "켄타우로스"는 그리스 신화에서 테살리아의 왕 익시온과 구름의 여신 네펠레 사이에서 태어난 반인반마 종족이다. "광시곡"은 고대 그리스에서 한 번에 낭송하기에 적당한 분량으로 쓰인 짧은 서사시를 가리킨다.

12 "송가"(그리스어로 νομός, 노모스)는 디티람보스와 마찬가지로 일종의 합창이었다. 그리스의 신들, 특히 공식적으로 아폴론을 찬미하는 성격의 노래였다. 송가는 노래로만 구성된 반면, 비극은 노래와 대사로 구성되어 있었다.

제2장

모방 대상

모방하는 사람[13]은 행위자를 모방하고, 행위자는 고결하거나 천박할 수밖에 없기 때문에(모든 사람은 그 성격을 미덕과 악덕으로 구별할 수 있는데 사람은 거의 대부분 두 부류 중 하나에 속한다), 우리보다 낫거나 못하거나 우리와 같은 부류다. 화가에게서도 이것을 볼 수 있다. 폴리그노토스는 우리보다 나은 사람을 그렸고, 파우손은 우리보다 못한 사람을, 디오니시오스는 우리와 비슷한 사람을 그렸다.[14]

1448a

5

13 "모방하는 사람"은 모방이 본질인 모든 예술을 하는 사람을 가리킨다. 시인, 무용가, 화가 등이 여기에 포함될 수 있다. 아리스토텔레스는 모방 예술은 사람의 "행위"를 모방하는 것이라고 말하는데, 여기에서 행위는 성격과 사상을 드러내는, 목적지향적이고 가치지향적인 행위를 가리킨다. 그 가치는 사물의 본질에 부합하는 미덕과 부합하지 않는 악덕으로 구분된다.

14 "폴리그노토스", "파우손", "디오니시오스"는 기원전 5세기에 그리스에서 활동한 화가이다. 그중 폴리그노토스가 가장 유명했으며, 이상주의적 성향이 강했다. 파우손은 사실주의적 성향이 강하고 잘 알려지지 않았으므로, 아리스토텔레스는 자신의

따라서 앞에서 말한 여러 종류의 모방에도 이런 차이가 분명히 있으며, 서로 다른 대상을 모방하였기에 서로 다른 종류의 모방이 되었다는 것이 분명하다. 이런 차이는 무용, 피리나 키타라 연주에도 있을 것이고, 산문과 (음악 반주가 없는) 운문에도 있을 것이다. 이를테면, 호메로스는 우리보다 나은 사람을, 클레오폰은 우리와 대등한 사람을, 최초의 풍자시를 쓴 타소스의 헤게몬과 『데일리아스』를 쓴 니코카레스는 우리보다 못한 사람을 모방의 대상으로 삼았다.[15]

이것은 디티람보스와 송가에서도 마찬가지다. 티모테오스와 필록세노스가 키클롭스를 서로 다르게 모방한 것에서 이것을 볼 수 있다.[16] 비극과 희극도 이러한 차이로 구별한다. 희극은 우리보다 못한 사람을 모방하려고 하고, 비극은 우리보다 나은 사람을 모방하려고 하기 때문이다.

『정치학』에서 파우손의 작품은 젊은이가 보기에 적합하지 않다고 말했다.

15 "클레오폰"은 고대 그리스에서 기원전 4세기에 활동한 비극시인이다. 아리스토텔레스는 그의 문장을 저속하다고 평가했다. 타소스 섬 출신의 "헤게몬"은 기원전 5세기 말에 아테네에서 활동하면서 서사시를 희화화한 풍자시를 썼다. "니코카레스"는 기원전 5세기 말에 고대 그리스에서 활동한 시인으로, 역시 풍자시를 쓴 것으로 보인다. 니코카레스의 『데일리아스』는 겁쟁이를 소재로 한 서사시로 추정한다.

16 "키클롭스"는 시칠리아 섬에 살던 외눈박이 거인 식인종이었다. "필록세노스"는 키클롭스인 폴리페모스를 희화화하여 풍자적인 디티람보스를 썼다. 고대 그리스에서 기원전 5세기 말과 4세기 초에 활동한 서정시인 "티모테오스"는 키클롭스를 이상화한 시를 쓴 것으로 보인다.

제3장

모방 방식

셋째로, 여러 모방 예술은 서로 각 대상을 모방하는 방식 때문에 차이가 난다. 동일한 수단을 사용해서 동일한 대상을 말하더라도, 호메로스처럼 자기와는 다른 등장인물을 등장시킬 수도 있고, 시종일 20 관 자기 자신이 직접 말할 수도 있으며, 사람들에게 자신이 모방하는 모든 사람을 연기하게 할 수도 있다.

처음에 말했듯이, 모방은 이렇게 수단과 대상과 방식이라는 세 가지 면에서 차이가 난다. 따라서 소포클레스의 모방은 우리보다 더 25 나은 사람을 모방한다는 점에서는 호메로스의 모방과 동일하지만, 사람들에게 자신이 모방하는 사람을 연기하게 한다는 점에서는 아리스토파네스와 동일하다.[17]

17 "소포클레스"(기원전 496-406년)는 고대 그리스의 3대 비극시인 중 하나다. 아이스킬로스에게 비극을 배워서 28세에 비극 경연대회에서 스승을 이기고 처음으로 우

어떤 이들에 따르면 그러한 글은 "행동하는 사람"을 모방한다
30 고 해서 "극"이라고 불린다.[18] 그러한 이유로 도리에이스족(族)은 자기들이 비극과 희극의 시조라고 주장한다.[19] (그리스 본토 메가라인은 자기네 민주정치가 시행되면서[20] 희극이 생겼다고 말하고, 시켈리아 메가라인도 시켈리아 출신 작가 에피카르모스[21]가 키오니데스와 마그네스보다 훨
35 씬 전에 살았다는 이유를 들어 자기가 희극의 시조라고 주장한다. 펠로폰네소스에 사는 도리에이스족 일부도 자기들이 비극의 시조라고 주장한다.)

그러면서 그들은 희극과 비극의 명칭을 증거로 댄다. 자기들은 성밖 마을을 '코마스'(κώμας)라고 부르지만 아테네인은 '데모스'(δῆμος)라고 부르며, '코모도스'(κωμῳδός, 희극배우)도 "술마시고 노래하며 돌아다니다"를 뜻하는 '코마제인'(κωμάζειν)에서 유래한 것이

승했고, 그 후로 비극 경연대회에서 18번이나 우승했다. 『시학』에 자주 등장하는 에우리피데스는 소포클레스의 후배다. "아리스토파네스"(기원전 445년경-385년경)는 고대 그리스의 최고 희극시인으로, 신식 철학, 소피스트, 신식 교육, 선동 정치가를 비난하는 풍자적인 희극을 많이 썼다. 여기서 아리스토텔레스는 소포클레스가 모방의 대상이라는 측면에서는 서사시인인 호메로스와 같은 부류지만, 모방의 방식이라는 측면에서는 희극시인인 아리스토파네스와 같은 부류라고 말한다.

18 "행동하는 사람"은 "행하다"를 뜻하는 그리스어 동사 δράω(드라오)의 현재분사형 δρῶντας(드론타스)이고, "극"은 "행위"를 뜻하는 그리스어 명사 δρᾶμα(드라마)다.

19 "도리에이스족"은 그리스의 3대 종족 중 하나로, 펠로폰네소스 본토, 메가라, 시켈리아에 정착했기 때문에 "메가라인"으로도 불렸다. 도리에이스 방언은 아테네에서 쓰이던 아티케 방언과 달랐다.

20 이 당시는 기원전 600년경 메가라에서 참주 테아게네스가 축출된 후를 가리킨다. 아테네에서 기원전 5세기 초에 희극이 공연되기 훨씬 전이다.

21 "에피카르모스"는 시켈리아에 속한 시라쿠사 출신 희극시인인데 기원전 6세기 말-5세기 초에 활동했고, "키오니데스"와 "마그네스"는 기원전 5세기 초(기원전 490-470년경)에 아테네에서 활동한 희극시인이다.

아니라, 성안에 사는 사람에게 천대받아 성밖 마을을 전전하며 살아가게 된 사람을 가리킨 데서 유래했다고 말한다. 또 자기들은 어떤 것을 행하는 것을 '드란'(δρᾶν)이라고 하지만, 아테네인은 '프랏테인'(πράττειν)이라고 한다는 말도 덧붙인다. 1448b

모방의 종류와 성격에 대해서는 이 정도로 해두자.

제4장

시의 기원과 발전

5 대체로 시는 인간의 선천적 원인 두 가지에서 생겨난 듯하다.[22] 인간에게는 어릴 때부터 이미 모방 본능이 있다. 인간이 다른 동물들과 구별되는 부분도 처음에는 모방을 통해서 배우고, 모방하는 데 가장 뛰어나며, 모방된 것에서 기쁨을 느낀다는 것이다.

10 이런 사실은 경험으로 입증할 수 있다. 아주 혐오스러운 동물이나 시신처럼 그 자체로는 보기에 역겨운 형체도, 그것을 그대로 모사해놓은 것을 볼 때는 즐거움을 느낀다. 학습은 철학자뿐 아니라 15 (학습 능력이 떨어지기는 하지만) 일반 사람에게도 지극히 즐거운 일이기 때문이다.

바로 이런 이유로 사람은 모방해놓은 것을 보면서 즐거워한다.

22 시를 출현시킨 첫째 원인은 모방 본능이고, 둘째 원인은 선율과 리듬에 끌리는 본능이다.

모방한 것이 무엇인지 추론하고 배우기 때문이다. 실물이 생소하다면 모방해놓은 것에서 즐거움을 느끼기보다는 모방 기법이나 색채, 그 밖의 여러 이유로 즐거워한다.

이렇게 모방은 물론이고 선율과 리듬(운율은 분명 리듬의 한 부분이다)도 인간의 본성이기 때문에, 이러한 것에 본능적으로 아주 강력하게 끌리는 사람들이 처음에는 즉흥적으로 모방했다가, 그것이 점점 발전해서 시가 출현한 것이다.

시는 시인의 성향에 따라 두 갈래로 나뉘었다. 고결한 시인들은 훌륭한 일과 그러한 일을 하는 사람을 모방해서 찬미시와 칭송시[23]를 썼지만, 천박한 시인들은 비열하고 사악한 자를 모방해서 풍자시를 썼다.

호메로스 이전에 쓰인 풍자시는 하나도 남아 있지 않아서 예로 들 작품이 없지만, 그때도 풍자시를 쓴 시인은 많았던 듯하다. 하지만 호메로스를 필두로 그 이후에는 (이를테면 호메로스의 『마르기테스』[24]나 다른 시인들의 비슷한 작품처럼) 예로 들 만한 작품이 많다.

풍자시에는 단장격이 쓰였는데, 그 운율이 풍자시에 어울렸기

---

23 "찬미시"(ὕμνος, 휨노스)는 신을 찬미하는 시이다. "칭송시"(ἐγκώμιον, 엥코미온)는 훌륭한 사람을 칭송하는 시이다. '코모스'(κῶμος)가 마을 축제나 축제 행렬을 가리키는 말이므로, 칭송시는 술의 신 디오니소스 축제에서 열린 경연대회에서 우승한 사람을, 노래하고 춤추면서 집까지 데려다주는 행렬에서 부르던 노래에서 유래한 것으로 보인다. 이런 양식의 시를 처음으로 "칭송시"라고 부른 사람은 시모니데스로, 초기 그리스 시인 중에서 가장 작품을 많이 쓴 인물이며, 특히 시모니데스의 찬미시, 경기의 승리자에게 바치는 칭송시, 비가가 훌륭했다고 한다.

24 『마르기테스』에서 '마르고스'(μάργος)는 "미친 놈"이라는 뜻이다. 『마르기테스』는 많은 것을 알고 있지만, 제대로 아는 것은 하나도 없는 주인공을 풍자하고 비꼰 작품이다. 하지만 호메로스의 작품인지는 확실하지 않다.

때문이다. 오늘날 이 운율을 '이암베이온'(ἰαμβεῖον)이라고 부르는 이유는 시인들이 이 운율을 사용해서 서로 "풍자하였기"(ἰαμβίζω, 이암비조) 때문이다. 이렇게 해서 옛 시인 중 일부는 영웅시인이 되었고, 일부는 풍자시인이 되었다.

호메로스는 모방을 잘했을 뿐 아니라 극적인 요소가 있었다. 35 훌륭한 행위를 모방하는 데도 탁월한 시인이었지만, 사람의 결점을 포착해 풍자하는 것이 아닌 웃음을 자아내는 것을 극화하여 희극의 양식을 처음으로 선보였다. 호메로스의 『마르기테스』와 희극의 관 1449a 계는, 『일리아스』나 『오디세이아』[25]와 비극의 관계와 비슷하다.

비극과 희극이 나란히 등장하자, 시인은 각자 성향에 따라 둘 중 하나를 따라갔다. 이렇게 해서 풍자시인은 희극시인이 되었고, 5 서사시인은 비극시인이 되었다. 새로운 양식이 예전 양식보다 더 훌륭해서 사람들에게 갈채를 더 크게 받았기 때문이었다.

여기는 비극 자체나 무대 공연과 관련해서 비극이 고유한 형태를 현재 다 갖추고 있는지를 판단하는 자리가 아니다. 어쨌든 비극 10 은 원래 즉흥 연기에서 생겨났고, 희극도 마찬가지다. 비극은 디티람보스의 선창자에게서 유래했고, 희극은 오늘날에도 많은 성읍에 일종의 전통으로 남아 있는 남근 찬가의 선창자에게서 유래했다.[26]

25 『일리아스』와 『오디세이아』는 기원전 8세기에 호메로스가 썼으며, 그리스에서 가장 오래된 장편 서사시다. 『일리아스』는 "일리오스" 또는 "일리온"에 관한 이야기인데 두 명칭은 트로이아를 가리키는 것으로, 그리스와 트로이아 간의 전쟁을 다루었으며 15,693행에 달하는 방대한 작품이다. 『오디세이아』는 "오디세우스의 노래"라는 뜻으로, 트로이아 전쟁의 영웅인 이타케 왕 오디세우스가 전쟁이 끝나고 귀향하는 길에 10년에 걸쳐 겪은 모험담이다. 12,110행으로 되어 있다.

26 "디티람보스"는 술의 신 디오니소스를 찬미하는 합창이다. 처음에 도리에이스족 지

그 후에 비극은 사람들이 새로운 요소를 차례로 선보임에 따라 조금씩 성장하고 발전해 나갔고, 변화를 많이 거친 후에 고유 형태를 갖추게 되자 발전을 멈췄다.

아이스킬로스[27]는 처음으로 배우의 수를 한 명에서 두 명으로 늘렸고, 합창을 줄이고 극이 대화 위주로 진행되게도 했다. 소포클레스는 배우의 수를 세 명으로 늘렸고, 무대에 배경 그림을 도입했다. 또 나중에는 비극이 사티로스극[28]에서 완전히 벗어남으로써 짧던 플롯이 길어졌고, 우스꽝스럽던 대사가 중후하게 바뀌어서 장엄함을 갖추었으며, 운율도 장단 4보격에서 단장격으로 바뀌었다.[29]

비극이 처음에 장단 4보격 운율을 채택한 것은 사티로스극의

역에서 시작되었고, 나중에는 디티람보스 경연대회가 디오니소스 축제의 일부가 되면서 크게 발전했다. 그리스에서는 종교적인 다산 축제를 많이 열었는데, 이때 남자의 생식기를 형상화한 것을 메고 행렬하는 의식이 있었다. 그 의식에서 부르던 노래가 "남근 찬가"다. 아리스토텔레스는 "선창자들"과 "합창대"가 서로 화답하며 노래를 부름으로써 선창자들이 한 명의 배우 역할을 했고, 이것이 발전해서 배우와 합창대로 구성된 비극과 희극이 생겨난 것으로 본다. 실제로 후대에도 그리스의 비극과 희극에서는 배우 두세 명이 극중에 나오는 모든 등장인물을 소화했다.

27 "아이스킬로스"(기원전 525년경-456년)는 고대 그리스의 3대 비극시인 중 하나로 비극 90여 편을 썼고, 『오레스테이아』가 대표작이다. 아이스킬로스는 작품을 통해서 주로 인간의 정의가 신의 정의와 일치한다는 것을 보여주고자 했다. 고대 그리스의 3대 비극시인 중 하나인 소포클레스의 스승이기도 하다.

28 "사티로스극"은 고대 그리스의 디오니소스 축제 때 실시한 비극 경연대회에서 비극 3부작 다음에 필수적으로 공연된 짧은 연극이었다. 주로 신화에서 유래한 여러 에피소드로 구성되었고, 이 연극을 할 때 합창대가 사티로스로 분장했기 때문에 사티로스극으로 불리게 되었다. 사티로스는 숲의 정령으로 반인반수의 모습이었고, 술의 신 디오니소스를 따라다녔다. 장난이 심하고 주색을 밝히는 성격이라 숲의 요정인 님페에게 추근거리곤 했다.

29 "장단 4보격 운율"은 흥분한 몸짓을 격렬하게 표현하는 데 적합한 운율이고, "단장격 운율"은 단장 3보격 운율로 그리스 비극에서 전형적으로 사용하던 운율이다.

요소와 무용의 요소를 많이 포함하고 있었기 때문이었다. 하지만 대사 위주로 바뀌면서 거기에 어울리는 운율을 찾게 되었다. 대사에는
25 단장격 운율이 가장 잘 어울린다. 우리가 대화할 때에는 대체로 단장격 운율을 사용하고, 통상의 대화 어조에서 벗어날 때만 아주 드물게 6보격 운율로 말한다는 것이 그 증거다.

30 에피소드[30]의 수도 많아졌다. 그 밖의 것들과 그것들이 더해진 과정을 일일이 열거하는 것은 우리로서는 버거운 일이기 때문에 읽은 것으로 해두자.

---

30 "에피소드"(ἐπεισόδιος, 에페이소디오스)는 합창대의 노래와 노래 사이에 나오는 대사 부분을 가리키며, 오늘날 막이나 장에 해당한다.

제5장

희극과 서사시의 역사

앞에서 이야기했듯이, 희극은 우리보다 못한 사람을 모방하지만 전적으로 사악한 자로 묘사하지는 않는다. 우스꽝스러운 것은 추함의 일부일 뿐이다. 우스꽝스러움에는 어떤 결함이 있고 창피하기는 하지만, 남에게 고통이나 해를 입히지는 않기 때문이다. 이를테면 우스꽝스러운 가면은 못생기고 뒤틀렸지만 사람을 고통스럽게 하지는 않는다. 35

비극이 누구에게서 유래했으며 어떠한 변화 과정을 거쳤는지 잘 알려져 있는 반면, 희극은 그렇지 않은 까닭은 처음에는 아무도 희극을 진지하게 여기지 않았기 때문이다. 후에 집정관이 희극 공연 비용을 지원해주기는 했지만,[31] 그전까지는 자비로 공연했다. 희극 1449b

31 "집정관"(ἄρχων, 아르콘)은 고대 그리스의 도시국가에서 최고의 사법권과 행정권을 부여한 관직명이다. 아테네에서 집정관은 판아테나이아 제전과 디오니소스 축제

이 고유한 양식을 이미 갖춘 후에야 사람들은 희극시인이라 불리는 특정한 시인에 관해 말하고 기억하게 되었다. 그래서 희극에 가면이나 서막("프롤로고스")을 도입하고, 배우의 수를 늘린 사람이 누구인지를 비롯해 희극과 관련된 그 밖의 사항은 알려져 있지 않다. 시켈리아에서는 희극의 플롯을 처음으로 짰으며,[32] 아테네 시인 중에서는 크라테스[33]가 최초로 풍자 양식을 버리고 보편적인 스토리와 플롯을 구성하기 시작했다.

서사시는 훌륭한 사람을 운문으로 모방한다는 점에서는 비극과 동일하지만, 비극과 달리 운율을 한 종류만 사용하고[34] 낭송을 한다. 서사시는 길이도 비극과 다르다. 비극은 가능하면 태양이 한 번 도는 시간 안에[35] 또는 그 시간을 약간 초과하는 한도에서 끝내려고 했으나, 서사시에는 그러한 시간 제약이 없다. 하지만 처음에는 비

를 주관했기 때문에, 경연대회에 참여할 시인들을 선택해서 부유한 시민들에게 시인들의 경연 준비 비용(주로, 의상비와 합창대 연습비)을 후원하게 했다. 아테네에서 공식적으로 개최한 최고(最古)의 희극 경연대회는 기원전 486년에 열렸다.

32 앞에서 아리스토텔레스는 도리에이스족이 희극의 시조라고 주장한다고 언급했다. "시켈리아"로 이주한 도리에이스족인 메가라인은 아테네에서 희극이 출현한 시기보다 자신들이 희극시인을 배출한 시기가 앞선다고 주장했다.

33 "크라테스"는 기원전 5세기에 활동한 희극시인으로 희극 여섯 편을 썼지만 지금은 남아 있지 않다. 기원전 450년에 디오니소스 축제 때 열린 희극 경연대회에서 우승했고, 그 후에도 몇 번 우승했다.

34 서사시는 6보격 운율만 사용하는 반면에, 비극은 3보격 운율과 4보격 운율, 때로는 서사시에서 사용하는 6보격 운율도 사용한다.

35 "태양이 한 번 도는 시간"은 24시간을 의미할 수도 있지만, 해가 떠서 질 때까지를 의미하는 것으로 보는 편이 더 타당할 것 같다. 그리스에서 연극은 대체로 동틀 때 공연을 시작했고, 실제로 소포클레스와 에우리피데스의 모든 작품은 12시간이면 넉넉히 공연할 수 있었다.

극이나 서사시나 차이가 없었다.

서사시와 비극에 공통적으로 적용되는 구성요소도 있고, 비극에만 해당하는 구성요소도 있다.[36] 따라서 어느 비극이 훌륭하고 어느 비극이 형편없는지를 구별할 수 있는 사람은 마찬가지로 서사시도 이해할 수 있다. 서사시의 구성요소는 비극에 모두 있지만, 비극의 구성요소가 모두 서사시에 있지는 않기 때문이다. 20

36 비극의 구성요소는 플롯, 성격, 대사, 사상, 시각적 요소, 노래인데, 그중 시각적 요소와 노래는 서사시에 없다.

제6장

비극의 정의와 구성요소

6보격 운율을 사용한 모방인 서사시와 희극은 나중에 다루기로 하고,[37] 여기에서는 앞에서 말한 것을 토대로 비극을 정의해보자.

비극은 양념을 친 온갖 언어를 곳곳에 배치해, 낭송이 아니라 배 25 우의 연기를 통해, 훌륭하고 위대한 하나의 완결된 사건[38]을 모방하여 연민과 공포를 느끼게 함으로써 그 감정의 정화[39]를 이루어내는 방

37 현존하는 『시학』에서는 22장까지 비극을 다루고, 23장에서 26장까지는 서사시를 다루지만, 희극을 다루는 부분은 없다.

38 여기에서 "사건"으로 번역한 단어는 '프락시스'(πρᾶξις)로 "행위"로도 번역된다. 프락시스는 우리 말의 '행위'와는 달리 목적지향적이고 가치지향적인 행동을 가리키기 때문에, 정확히 말하자면 '사건을 일으키는 행동'이라고 할 수 있다. 즉, 행위는 곧 사건이다. 따라서 이 단어를 문맥에 따라 행위 또는 사건으로 번역했다.

39 "정화"로 번역한 κάθαρσις(카타르시스)는 원래 종교적으로 부정한 것을 제의를 통해 정화하는 것을 의미한다. 이것이 연민과 공포의 감정을 정화한다는 의미인지, 아니면 그러한 감정을 배설한다는 의미인지에 관해서는 논란이 있다.

식이다.

"양념을 친 언어"는 리듬과 선율을 지닌 언어나 노래를 의미하고, "곳곳에 배치한다"는 어느 부분에서는 운문만 사용하고, 다른 부 30 분에서는 다시 노래를 사용한다는 의미다.[40]

비극이라는 모방은 배우의 연기로 표현되기 때문에, 당연히 시각적 요소[41]가 먼저 비극의 한 부분을 차지한다. 그 다음이 노래와 대사인 까닭은, 비극에서 배우가 모방을 표현할 때 사용하는 수단이 대사와 노래이기 때문이다. 대사는 운율이 있는 말의 배열을 뜻하 35 고, 노래의 뜻은 누구나 다 안다.

비극은 행위를 모방하는 것이기도 하다. 행위는 행위자가 행하는 것이고, 행위자는 자신의 성격과 사상에 따라 특정한 성질을 지닐 수밖에 없다.[42] (우리는 어떤 사람의 성격과 사상을 근거로 그의 행위에는 어떤 특징이 있다고 말하는데, 사상과 성격은 행위의 본질적인 두 원인이며 모든 성공과 실패를 좌우하기 때문이다.) 1450a

따라서 플롯은 행위의 모방이다. 내가 여기에서 말하는 플롯은

40 비극은 합창과 대사로 구성되는데, 대사는 운문만 사용하는 부분이고, 합창은 노래를 사용하는 부분이다. 비극에서 합창과 대사가 어떠한 순서로 구성되는지는 뒤에 설명이 나온다.

41 "시각적 요소"로 번역한 그리스어 ὄψις(옵시스)는 "보는 것"이라는 뜻이다. 이것은 배우의 분장, 가면, 의상, 무대 배경 그림을 가리키는 것으로 보인다.

42 여기에서 아리스토텔레스는 비극은 "성격"과 "사상"을 표출하는 행위를 모방하는 것이라고 정의한다. "성격"(ἦθος, 헤토스)은 "관습, 관행"이라는 의미를 포함하고 있는데, 한 사람의 몸과 정신에 배인 선천적이거나 후천적인 습성과 그 습성이 형성한 특정한 정서와 성향을 의미한다. "사상"(διάνοια, 디아노이아)은 생각, 의도, 목적 등과 같은, 한 사람의 사상적 측면을 가리킨다. 따라서 이런 것을 담고 있는 사람의 행위가 기본적으로 비극의 모방 대상이다.

5 행위나 사건의 배열을 가리키기 때문이다. 또 "성격"은 우리에게 행위자의 특성을 알게 해주고, "사상"은 행위자가 어떤 사례를 증명하거나 자기 의견을 나타내 보일 때마다 사용하는 것이다.

이처럼 비극의 특성을 결정하는 구성요소는 플롯, 성격, 대사, 10 사상, 시각적 요소, 노래, 이렇게 여섯 가지다. 이 중에서 둘은 모방의 수단이고, 하나는 모방의 방식이며, 셋은 모방의 대상이다.[43] 이외에 다른 구성요소는 없다. 거의 모든 비극시인이 이러한 구성요소를 사용한다고 할 수 있다. 비극은 모두 시각적 요소, 성격, 플롯, 대사, 노래, 사상을 갖추고 있기 때문이다.

15 하지만 여섯 구성요소 중에서 가장 중요한 것은 행위나 사건을 구성하는 플롯이다. 비극은 사람이 아니라 행위와 삶을 모방하기 때문이다. (삶의 행복과 불행은 행위에 있고, 비극의 목적도 성격이 아니라 20 행위다. 어떤 사람의 특성은 성격이 결정하지만, 행복과 불행은 행위가 결정한다.) 따라서 비극은 성격을 모방하려고 행위를 활용하는 것이 아니라, 행위를 모방하기 위해 성격을 포함시킨다. 이렇게 비극의 목적은 행위와 플롯이고, 목적이 모든 것 중에서 가장 중요하다.

25 더욱이 행위 없는 비극은 있을 수 없지만, 성격 없는 비극은 있을 수 있다. 오늘날 시인들이 쓴 대부분의 비극에는 성격을 찾을 수 없고, 화가도 마찬가지다. 화가 중에 제욱시스와 폴리그노토스를 비교해보라.[44] 폴리그노토스는 성격을 드러내는 데 탁월한 반면에, 제

43 대사와 노래는 모방의 수단이고, 시각적 요소는 모방의 방식이며, 플롯, 성격, 사상은 모방의 대상이다.

44 "폴리그노토스"는 고대 그리스에서 기원전 480-440년경에 활동한, 타소스 섬 출신

욱시스의 그림에는 성격이 전혀 드러나지 않는다. 성격을 드러내는 일련의 말을 대사와 사상이라는 면에서 잘 엮어서 제시하는 것이 많이 부족하더라도, 행위를 잘 짜고 엮으면 비극 본연의 효과를 낼 수 있다. 게다가 비극에서 심금을 울리는 데 가장 크게 기여하는 반전과 인지[45]도 플롯의 일부다. 또 하나의 증거는 비극에 갓 입문한 사람들은 행위를 엮어 짜서 플롯을 구성하는 것보다 대사와 성격 묘사를 더 정확하게 해낸다는 것이다. 이전의 거의 모든 시인이 그러했다. 30 35

따라서 플롯은 비극에서 가장 중요한 것, 말하자면 비극의 혼이고, 성격은 두 번째 요소다. (이것은 그림에서도 마찬가지다. 어떤 사람이 매우 아름다운 색채를 사용하긴 했지만 아무렇게나 칠해서 그렸다면, 그보다는 흑백으로 그린 밑그림이 더 즐거움을 줄 것이다.) 이렇듯 비극은 행위의 모방이고, 다른 무엇보다 행위에 주안점을 두고 행위자를 모방한다. 1450b

셋째 요소는 사상이다. 사상은 어느 상황에 내재되어 있거나 어울리는 말을 하는 능력이다. 대중연설과 관련해서 정치학과 수사학이 이러한 일을 한다. 예전 시인들은 자신이 쓴 비극에 나오는 등장인물에게 정치가처럼 말하게 했으나, 오늘날은 수사학자처럼 말하 5

화가이다. "제욱시스"는 고대 그리스에서 기원전 5세기 말-4세기 초에 활동한 화가로, 특히 여성의 아름다움을 탁월하게 그려냈다. 아리스토텔레스는 제욱시스가 이상적인 모습을 모방하는 것을 추구하는 화가였다고 말한다.

45 "반전"(περιπέτεια, 페리페테이아)은 비극에서 주인공의 운명이 행운에서 불행으로 바뀌는 것을 가리킨다. "인지"(ἀναγνωρίσις, 아나그노리시스)는 극 중에서 지금까지 몰랐던 것이 갑자기 밝혀지는 것을 가리킨다. 아리스토텔레스는 반전과 인지를 추후에 자세하게 설명한다.

게 한다.

성격은 사람이 무엇을 선택하거나 기피하는지를 보여줌으로써 의도를 드러내는 역할을 한다. 따라서 사람이 무엇을 선택하거나 기피하는지를 보여주지 않는다면 성격을 드러낼 수 없다. 반면에 사상은 무엇인가를 증명하거나 반박할 때, 혹은 보편적인 것을 제시할 때 드러난다.

넷째 요소는 대사다. 앞에서 말했듯이, 대사는 언어를 사용한 표현이다. 대사의 효과는 운문과 산문에서 동일하다.

나머지 요소 중에서, 노래는 감칠맛을 내는 양념 중에서 가장 중요하다. 시각적 요소는 사람들의 마음을 끌기는 하지만 비극의 모든 구성요소 중에서 시학과 가장 상관이 없다. 비극의 효과는 공연이나 배우 없이도 거둘 수 있고, 시각적 요소는 시인의 기량이 아니라 소품 제작자의 기량이 좌우하기 때문이다.

제7장

비극의 플롯과 그 길이

지금까지 비극의 구성요소를 정의했으므로, 이제는 행위를 엮어 짜는 방식, 즉 플롯 구성을 논해보자. 이것이 비극에서 처음이자 가장 중요하기 때문이다.

앞에서 비극을 규정하면서 일정한 크기를 지닌 완결된 사건 전체의 모방이라고 했다. 완결된 사건이지만 크기가 없는 사건도 있기 25 때문이다. "전체"에는 처음과 중간과 끝이 있다.

"처음"은 앞에 다른 것이 오지 않고, 반드시 그다음에 다른 것이 존재하거나 오는 것이다. 반면에 "끝"은 반드시 또는 대체로 다른 것 다음에 오고, 그다음에는 결코 다른 것이 오지 않는다. "중간"은 다 30 른 것 다음에 오고, 그다음에도 다른 것이 오는 것이다. 따라서 플롯을 잘 짜려면 마구잡이로 아무 데서나 시작하거나 끝내서는 안 되고, 위에서 말한 형식을 지켜야 한다.

또 전체가 여러 부분으로 이루어졌다면 각 구성 부분이 질서정

35 연하게 배열되고, 일정한 크기도 지녀야 생명체든 사물이든 아름다운 법이다. 아름다움은 크기와 질서에 있기 때문이다. 그래서 지극히 작은 생명체는 아름다울 수가 없다(순식간에 지각이 일어나 제대로
1451a 구별되지 않기 때문이다). 또 아주 큰 생명체, 예컨대 그 크기를 가늠하기 힘들 정도의 거대한 생명체도 아름다울 수 없다(전체가 한눈에 들어오지 않기 때문이다).

이렇듯 사물이든 생명체든 일정한 크기를 지니고 한눈에 볼 수
5 있어야 하듯, 플롯도 일정한 길이를 지니고 쉽게 기억할 수 있어야 한다.

경연[46]이나 공연과 관련된 길이 제한은 시학과는 상관이 없다. 비극 100편이 경연한다면, 물시계로 시간을 재야 할 것이며, 실제로
10 전에 그러한 사례가 있었다고 한다. 반면에 비극의 본질에 따른 길이 제한과 관련해서는, 전체를 한 번에 파악할 수만 있다면 플롯이 길수록 더 아름답다. 크기와 관련해서는, 일련의 사건을 겪으며 행복에서 불행으로, 또는 불행에서 행복으로 변하는 과정에서 개연성
15 이나 필연성이 있다고 인정될 정도로 길다면, 그것으로 충분하다.

46 디오니소스 축제 때 열린 경연대회에서는 하루에 시인 한 명의 작품, 즉 3부작으로 구성된 비극 한 편과 사티로스극 한 편을 공연했다.

제8장

플롯의 통일성

혹자의 생각과 달리, 한 사람을 다룬다고 해서 플롯이 하나로 정리되는 것은 아니다. 한 사람에게는 무수히 많은 일이 일어나고, 그중에서 어떤 일은 하나의 플롯에 통합되기 어렵다. 한 사람의 여러 행위 중에는 통일되지 않는 행위가 있을 수 있다. 따라서 헤라클레스 20 전기나 테세우스 전기,[47] 또는 그러한 부류의 다른 시를 쓴 시인들이 헤라클레스는 한 사람이므로 플롯도 하나일 수밖에 없다고 생각한 것은 잘못으로 보인다.

47 "헤라클레스"는 제우스와 알크메네 사이에서 태어났으며, 그리스 신화 최고의 영웅이다. 여신 헤라가 질투의 화신이 되어 집요하게 박해했지만, 그 박해를 겪으면서 용맹과 지혜를 겸비한 위대한 영웅으로 성장한다. 특히 헤라클레스가 자신의 죄를 씻기 위해 신탁을 따라 12년 동안 "12가지 과업"을 시행한 일은 유명하다. "테세우스"는 그리스 신화에서 헤라클레스와 비견되는 아테네 최고의 영웅이다. 온갖 괴물과 악당을 물리친 여러 사건으로 유명하다. 이 둘은 행적이 아주 다양하므로, 이들을 소재로 하는 전기는 하나의 플롯으로 통일될 수 없다는 뜻이다.

반면에 호메로스는 다른 점에서도 뛰어나지만, 배워서 익힌 것
25 이든 타고난 것이든 이 점을 잘 알았던 것 같다. 『오디세이아』를 쓸
때 호메로스는 주인공에게 일어난 일을 다 다루지는 않았다. 예컨대
주인공이 파르낫소스 산에서 다친 일이나, 출전하지 않으려고 미친
척한 일 같은 것은 다루지 않았다.[48] 이 두 사건은 개연성이나 필연
성 측면에서 주인공에게 일어난 다른 일과 연관성이 없기 때문이었
다. 도리어 호메로스는 앞에서 말한 하나의 통일된 행위를 중심으로
30 『오디세이아』를 구성했고, 『일리아스』도 마찬가지였다.

다른 모방 예술이 하나의 대상을 단일한 전체로서 모방하듯이,
비극의 플롯도 행위나 사건을 모방하므로, 행위나 사건을 하나의 통
일된 전체로 모방해야 한다. 따라서 플롯을 이루는 여러 사건 중에
어느 한 부분을 다른 데로 옮기거나 제거한다면 전체가 꼬이고 흐
트러지도록 플롯을 구성해야 한다. 어느 부분이 있으나 없으나 아무
35 런 차이가 없다면, 그 부분은 전체의 일부라고 할 수 없기 때문이다.

---

48 "파르낫소스 산"은 그리스 중부 포키스 지방에 있는 산으로 해발 2,457미터이다. 이 산은 시와 음악의 신 아폴론과 무사이(영어로는 뮤즈 여신), 술의 신 디오니소스, 숲의 요정 님프들이 사는 신묘한 땅으로 알려져 있었다. 산의 남쪽에는 아폴론의 신탁으로 유명한 델포이 신전이 있었다. 오디세우스는 파르낫소스 산에 사는 외할아버지를 찾아가서 사냥을 하다가 멧돼지의 엄니에 부상을 당한다. 또 오디세우스는 트로이아 전쟁이 발발하자 아내와 아들을 두고 출전하고 싶지 않아 미친 척하는데, 이 이야기는 오디세우스를 다룬 다른 작품에는 나오지만, 『오디세이아』에는 나오지 않는다.

제9장

플롯의 필연성과 개연성

앞서 말한 내용에서 분명히 알 수 있듯이 시인의 소임은 이미 일어난 일이 아니라, 앞으로 일어날 수 있는 일, 즉 개연성이나 필연성에 따라 앞으로 일어날 수 있는 일을 말하는 것이다. 역사가와 시인의 차이는 운문을 사용하느냐 산문을 사용하느냐에 있지 않다. (헤로도 1451b 토스[49]가 산문으로 쓴 글을 운문으로 바꿀 수는 있겠지만, 그의 글은 운율이 있든 없든 여전히 역사일 뿐이다.) 역사가와 시인의 진정한 차이는, 역사가는 이미 일어난 일을 말하고 시인은 앞으로 일어날 수 있는 일 5 을 말한다는 데 있다.

49 "헤로도토스"(기원전 484년경-425년경)는 고대 그리스의 역사가로, 페르시아 전쟁을 다룬 『역사』를 썼다. 자기가 들은 내용을 그대로 기록하는 것을 역사 서술의 원칙으로 삼아서, 역사 현장을 일일이 돌아다니면서 사람들에게 들은 내용을 『역사』에 기록했다. 그리스인으로는 최초로 과거의 역사적 사실을 시가의 대상이 아닌 실증 학문의 대상으로 삼아 역사서를 기술했다.

따라서 시는 역사보다 더 철학적이고 고결하다. 시는 보편적인 것을 말하는 경향이 있지만, 역사는 개별적이고 특수한 것을 주로 말하기 때문이다. "보편적인 것"은, 어떤 사람이 이러저러한 경우에 개연성이나 필연성에 따라 어떻게 말하고 행동하는지에 관한 것이 10 다. 시는 등장인물에게 특정 이름을 붙이지만, 시의 목표는 보편적인 데 있다. "개별적이고 특수한 것"은, 이를테면 알키비아데스[50]가 무엇을 했고 무슨 일을 겪었는지에 관한 것이다.

이것은 희극에서 아주 분명하게 드러난다. 희극에서는 개연성에 따라 플롯을 구성하고 나서 등장인물에게 그 플롯에 적합한 이 15 름을 붙이기 때문이다. 이것은 풍자 시인이 특정한 개인을 놓고 시를 쓰는 것과 다르다. 반면에, 비극은 실존 인물의 이름을 고집스레 사용한다. 가능성이 있어야 설득력도 있기 때문이다. 아직 일어나지 않은 일은 가능하다고 믿기 어렵겠지만, 이미 일어난 일은 분명 가능하다. 가능성이 없다면 아예 일어나지도 않았을 것이기 때문이다.

20 하지만 잘 알려진 인물의 이름은 한두 개 정도 나오고, 나머지는 창작한 이름을 사용한 비극도 있고, 잘 알려진 인물의 이름은 전혀 나오지 않는 비극도 있다. 아가톤의 『안테우스』[51]가 후자의 예다.

50 "알키비아데스"(기원전 450-404년경)는 고대 그리스 아테네의 정치가이자 대중연설가이며 장군으로, 아테네 시민의 사랑과 질시와 원망을 한 몸에 받은 인물이다. 명문가 출신으로 외모도 아주 출중했다. 또 소크라테스의 제자이면서 의형제 관계로 함께 식사하고 운동하고 잠을 잤다. 젊은 시절에는 포티다이아 전투에 소크라테스와 함께 출전했고, 같은 막사에서 생활하며 서로 지켜주었는데, 알키비아데스가 전투에서 쓰러지자 소크라테스가 지켜주기도 했다. 아리스토텔레스는 플라톤의 제자였고, 플라톤은 소크라테스의 제자였다.

51 "아가톤"은 고대 그리스의 비극시인으로 기원전 5세기에 활동했다. 새로운 등장인

『안테우스』에 나오는 사건이나 등장인물의 이름은 모두 창작한 것이지만, 그렇다고 재미가 줄어들지는 않는다. 따라서 흔히 비극이 전해져 내려오는 이야기를 소재로 삼지만, 반드시 그것을 고집할 필요는 없고, 오히려 그렇게 하는 것이 우스꽝스럽다. 소수만 알고 있는 소재도 모든 사람에게 즐거움을 주기 때문이다. 25

이러한 사실에서 분명히 알 수 있듯이 시인은 모방하기 때문에 시인이고, 시인이 모방하는 것은 행위이기 때문에 운율보다는 플롯을 만들어내야 한다. 그리고 설령 이미 일어난 일을 소재로 글을 쓴다고 해도, 여전히 시인이다. 이미 일어난 일 중에도 개연성과 가능성이 개입될 수 있는 일이 있고, 시인으로서 그러한 것을 만들어내기 때문이다. 30

단순한[52] 플롯과 사건들 중에 최악은 에피소드만 모아놓은 것이다. 사건이나 행위가 개연성이나 필연성 없이 계속 이어지는 것을 나는 "에피소드적 플롯"이라고 부른다. 실력 없는 시인은 자신의 의지로 그러한 플롯을 만들어내지만, 훌륭한 시인도 배우들 때문에 그렇게들 한다. 경연을 위한 작품을 쓰느라고 플롯을 과도하게 늘어지 35

물과 플롯을 자유롭게 창작해냈고, 연극의 주제와 독립적으로 막간 합창을 도입하기도 했다. 기원전 416년에 레나이아 축제 때 열린 경연대회에서 처음으로 우승했는데, 이 일은 플라톤의 『향연』의 배경으로 사용되었고, 거기에서는 소크라테스를 중심으로 "에로스"에 관한 이야기가 펼쳐진다.

52 Anthony Kenny(Oxford World's Classics)는 이 단어를 "잘못된"(defective)으로 수정할 필요가 있다고 주장하지만, Kassel 판본(Oxford Classical Texts)과 Halliwell의 판본에는 둘 다 이 단어가 "단순한"(simple)으로 되어 있고, 실제로 에피소드를 나열한 플롯은 단순할 수밖에 없다. 반전이나 인지가 없는 플롯을 "단순한 플롯"이라고 하는데, 그중에서 에피소드만 나열한 플롯이 최악일 것이다.

게 하면, 사건이나 행위의 순서가 틀어져 플롯은 엉뚱한 방향으로 가버린다.

1452a 또 시인은 완결된 사건뿐 아니라 공포와 연민을 불러일으키는 사건도 모방한다. 그러한 행위가 예상하지 못한 순간에 인과관계로 5 인해 일어난다면, 그 효과는 극대화된다. 그러한 행위가 저절로 또는 우연히 일어났을 때보다도 놀라움이 더 커진다. 우연히 일어났다고 해도 의도적으로 일어난 것처럼 보이면 놀라움은 극대화된다. 이를테면 미티스의 죽음에 연루된 사람이 아르고스에 있는 미티스 조각상을 보는 와중에, 조각상이 그 사람 위로 넘어져서 죽은 일이 그 10 렇다.[53] 이런 일들은 우연으로 보이지 않는다. 따라서 이러한 종류의 플롯이 더 훌륭할 수밖에 없다.

53 "미티스"에 대해서는 알려진 내용이 없지만, 플루타르코스에 의하면, 기원전 400년경에 아르고스에서 정적에게 피살되었다고 한다. "아르고스"는 펠로폰네소스반도 북동부에 있는 도시다.

제10장

플롯의 종류

단순한 플롯도 있고, 복합적인 플롯도 있다. 플롯이 모방하는 사건 자체가 단순하거나 복합적이기 때문이다. 나는 어떤 사건이 앞에서 말한 대로 통일성을 지닌 상태로 연속적으로 진행되고, 그 변화 속에 반전이나 인지가 들어 있지 않다면, “단순” 사건이라고 말하고, 15 반전이나 인지가 들어 있거나 둘 다 들어 있으면 “복합” 사건이라고 말한다.

반전이나 인지는 플롯 자체에서 발생해야 하므로, 앞에서 일어난 일의 결과로 필연적이고 개연성 있게 일어나야 한다. 어떤 일이 20 다른 일로 “말미암아” 일어나는 것과 다른 일 “뒤에” 일어나는 것은 차이가 크다.

제11장

플롯의 요소: 반전, 인지, 수난

앞에서 말했듯이, 반전은 상황이 앞에서 일어난 것과 정반대로 변하
25 는 것이고, 이것도 개연성이나 필연성에 따라 일어나야 한다. 『오이
디푸스왕』[54]을 보면, 코린토스에서 사자가 와서 오이디푸스를 기쁘
게 해주고, 어머니에 대한 두려움에서 벗어나게 하려 했지만, 정작
오이디푸스의 정체가 드러나자 상황은 정반대로 흘러간다. 『린케우

54 『오이디푸스왕』은 소포클레스가 쓴 비극이다. 오이디푸스는 테바이 왕 라이오스와 왕비 이오카스테의 아들로 태어난다. 아버지를 죽이고 어머니와 결혼하리라는 신탁 때문에 산속에 버려지지만, 결국 살아남아 코린토스의 왕 폴리보스와 왕비 메로페의 아들로 성장하게 된다. 오이디푸스는 자신에 관한 신탁을 듣고 코린토스의 왕과 왕비가 자신의 친부모라고 생각해서 코린토스를 떠나 유랑하다가, 우연히 길에서 시비가 붙어 테바이 왕 라이오스를 죽이고, 결국에는 테바이의 왕비 이오카스테와 결혼해서 네 명의 자녀까지 낳는다. 그 후에 코린토스의 왕이 죽자, 코린토스에서는 사자를 보내 오이디푸스를 왕으로 추대하고자 한다는 뜻을 전해온다. 이때 사자가 모든 진실을 알려서 오이디푸스의 오해를 풀어주지만, 진실을 알게 되자 오이디푸스는 스스로 눈을 찔러 맹인이 되고, 이오카스테는 목매어 자살한다.

스』에서도 다나오스가 린케우스를 처형하려고 형장으로 데려가지만, 앞서 일어난 사건의 결과로 다나오스는 죽고 오히려 린케우스가 목숨을 건진다.[55]

인지는 그 명칭이 보여주듯이, 무언가를 모르다가 아는 상태로 바뀌는 것이다. 이때 등장인물은 극에서 설정한 행운이나 불운에 따라 친구 혹은 원수가 된다. 이런 일이 반전과 동시에 일어날 때 최고의 인지가 된다. 『오이디푸스왕』에서 그 사례를 볼 수 있다. 30

물론 다른 인지들도 있다. 앞에서 말한 것과 같은 인지는 무생물이나 우연히 만난 대상을 통해서도 일어날 수 있고, 누군가의 행동을 통해서도 가능하다. 그러나 처음에 말한 인지가 플롯이나 사건과 가장 밀접하게 연결된다. 이렇게 인지와 반전이 결합될 때 연민이나 공포가 일어나고(앞에서 말했듯이, 비극은 그러한 감정을 불러일으키는 행위를 모방하는 것이다), 불행이나 행복도 인지와 반전 때문에 일어나기 때문이다. 35 1452b

인지는 사람 사이에서 일어나기 때문에, 한쪽이 다른 쪽을 이미

55 『린케우스』는 수사학자이자 비극시인인 테오덱테스(기원전 380년경-340년경)의 작품이다. 테오덱테스는 플라톤의 제자이자 아리스토텔레스의 절친이었다. 『린케우스』는 이집트 왕 아이깁토스의 아들인 "린케우스"에 관한 이야기다. 아이깁토스와 "다나오스"는 형제였는데, 아이깁토스에게는 아들이 50명 있었고, 다나오스에게는 딸이 50명 있었다. 아이깁토스가 아들딸들을 서로 결혼시키려고 했지만, 다나오스는 그 결혼을 극력 거부하여 아르고스로 피신한다. 아이깁토스의 아들들이 아르고스까지 찾아오자, 다나오스는 결혼을 승낙하는 척하면서 딸들에게 첫날 밤에 아이깁토스의 아들들을 죽이라고 말한다. 린케우스 혼자 살아남아 다나오스의 딸과 아들까지 낳지만, 결국 모든 것이 발각되어 붙잡히고, 다나오스가 린케우스를 형장으로 데려간다. 그러나 아르고스 시민들이 진실을 알게 되어 형장에서 다나오스를 죽이고 린케우스를 구한다.

5 알고 있다면 상대방만 인지하면 되고, 그렇지 않은 경우에는 양쪽에서 인지가 일어나야 한다. 예컨대, 이피게네이아가 오레스테스에게 편지를 보냈기 때문에 오레스테스가 이피게네이아를 알게 되었지만,[56] 이피게네이아가 오레스테스를 알아보기 위해서는 또 다른 인지가 일어나야 했다.

10 플롯에는 반전과 인지라는 두 요소가 있고, 셋째 요소는 수난이다. 반전과 인지는 이미 앞에서 설명했고, 수난은 파괴적이거나 고통스러운 행위다. 예를 들면 눈앞에 펼쳐지는 죽음, 극심한 고통, 상처를 입는 것 등이다.

56 "이피게네이아"는 트로이아 전쟁을 치를 때 그리스군 총사령관 아가멤논의 딸로서, 아르테미스 여신의 노여움을 풀기 위해 제물로 바쳐지지만, 여신이 타우리케로 데려가서 여신의 신전을 섬기는 여사제로 삼는다. 이피게네이아는 그곳으로 흘러들어오는 이방인들을 여신에게 제물로 바치는 일을 한다. 그러다가 아폴론의 신탁을 따라 남동생 오레스테스와 그 친구 필라데스가 그곳으로 와서 여신상을 훔치다가 잡혀서 끌려온다. 이피게네이아는 그들이 고향인 그리스 사람이라는 것을 알고서, 필라데스를 통해 남동생에게 소식을 전하기 위해 편지를 쓰고, 혹시 가는 도중에 편지를 잃어버릴 수도 있다고 염려해서 그 내용을 두 사람 앞에서 읽어준다. 오레스테스는 이피게네이아가 자기 누나라는 것을 알게 되자 누나와 자기만 아는 두 가지 사실을 얘기함으로써 자기가 남동생임을 알린다.
이것이 『타우리케의 이피게네이아』에 나오는 내용이다. 에우리피데스(기원전 484년경-406년경)는 고대 그리스의 3대 비극시인 중 하나로, 신들을 한층 더 인간적인 빛 아래에서 묘사했다. 특히 사람 사이에서의 갈등과 고뇌하는 인간을 묘사하면서도 교훈을 주려고 시도하지 않았다는 점에서 3대 비극시인 중에서 가장 근대적 정신의 소유자였다.

제12장

비극의 구성요소: 노래

비극의 구성요소로서 있어야 할 여러 부분은 앞에서 말했고, 이제 양적 측면에서 보면,[57] 비극은 프롤로고스(서장), 에피소드, 엑소도스(종장), 코리콘으로 구분된다.[58] 그리고 코리콘은 모든 비극에 공통적으로 나오는 파로도스(합창대가 입장하면서 부르는 노래)와 스타시 15

57 아리스토텔레스는 6장에서 비극을 정의하고, 아울러 비극의 질적인 측면인 구성요소를 언급한 후에, 7장부터 14장에서 플롯에 관하여 설명하는 중에, 여기에서 갑자기 비극의 양적 측면을 설명한다.

58 "프롤로고스"(πρόλογος)는 서장 또는 서막으로 번역되고, 극의 맨 처음에 나와 주제와 배경을 설명하는 독백이나 대화를 가리킨다. "에피소드"(ἐπεισόδιον, 에페이소디온)는 막이나 장으로 번역되고, 합창대의 노래와 노래 사이에서 배우가 대사와 연기를 하는 부분을 가리킨다. 원래 비극은 합창 위주였다가 점차 배우의 대사와 연기 위주로 바뀌었다. "엑소도스"(ἔξοδος)는 종장이나 마지막 막으로 번역되고, 합창대 자리인 "오르케스트라"에 합창대가 서서 마지막으로 부르는 노래 뒤에 나오는 배우들의 연기와 대사를 가리킨다. "엑소도스"는 원래 합창대가 퇴장하며 부르는 합창을 뜻했다.

몬(합창대가 서서 부르는 노래)으로 구분되며, 주 무대에서 배우들이 부르는 노래와 콤모스(비가)는 일부 비극에만 나온다.[59]

프롤로고스(서장)는 비극에서 합창대가 등장하면서 부르는 노래인 파로도스 이전의 모든 부분이고, 에피소드는 비극에서 합창대 전체가 부르는 노래와 노래 사이의 모든 부분이며, 엑소도스(종장)는 비극에서 합창대 전체가 마지막으로 부르는 노래 뒤에 나오는 모든 부분이다. 코리콘 중에서 파로도스(입장가)는 합창대가 처음으로 부르는 노래 전체이고, 스타시몬은 합창대가 부르는 노래 중에서 단단장격 운율이나 장단격 운율을 사용하지 않고 부르는 노래이며, 콤모스는 합창대와 배우가 함께 부르는 비가다.

비극이 갖추어야 할 구성요소는 앞에서 말했고, 양적 측면에서 비극은 이러한 여러 부분으로 구분된다.

59 합창대가 서는 자리는 '오르케스트라'(ορχήστρα)로 불렸는데, 고대 그리스의 원형 극장에서 무대와 관람석 사이에 마련된 넓은 자리로, 합창대가 그 자리에서 춤추고 노래했다. "파로도스"는 합창대가 오르케스트라를 향해 걸어가면서 부르는 노래다. "스티시몬"은 합창대가 오르케스트라에서 부르는 노래로, 원래는 선행 에피소드를 보고서 그 에피소드에 화답하는 형식이었다.

제13장

플롯의 모방 대상

그렇다면 플롯 구성 시 무엇을 목표로 해야 하고 무엇에 주의해야 하는가? 비극의 효과는 어떻게 해야 생기는가? 지금까지 말한 것을 30 토대로 해서 이러한 내용을 살펴보겠다.

가장 훌륭한 비극은 플롯이 단순하지 않고 복합적이어야 하고, 공포와 연민을 불러일으키는 행위나 사건이 있어야 한다(이것이 비극이라는 모방의 고유한 특징이다). 그렇기 때문에 고귀한 사람이 행복 35 했다가 불행해지는 것을 보여주어서는 안 된다. 그런 일은 공포나 연민이 아니라 거부감을 불러일으키기 때문이다.

다음으로는 악인이 불행을 겪다가 행복해지는 것을 보여주어서도 안 된다. 그런 것은 비극적인 것과는 가장 거리가 멀고, 비극의 효과를 조금도 낼 수 없기 때문이다. 사람들이 수긍할 수도 없고, 연민이나 공포도 느끼지 못한다.

또 극악무도한 자가 행복에서 불행의 나락으로 떨어지는 것을 1453a

보여주어서도 안 된다. 그런 식으로 플롯을 구성하면, 사람들이 수긍하기는 하겠지만, 연민이나 공포는 느낄 수 없기 때문이다. 연민
5 은 사람이 부당하게 대접받는 모습을 볼 때 생기고, 공포는 우리와 똑같은 사람이 불행해지는 모습을 보며 생긴다. 즉, 연민은 부당한 불행과 관련되고, 공포는 우리와 똑같은 사람과 관련이 있다. 그래서 악한 자의 불행은 연민도 공포도 불러일으키지 못한다.

이렇게 하면 이제 중간에 위치한 사람만 남는다. 미덕과 정의가
10 남달리 뛰어나지는 않지만, 악덕이나 악행이 아니라 어떤 실수나 결함[60] 때문에 불행해진 사람이어야 한다. 그리고 이를테면 오이디푸스나 티에스테스[61]나 그런 부류의 명문가 출신 유명 인사처럼 큰 명성과 부를 누리던 사람이어야 한다.

훌륭한 플롯은 결말이 단일해야지, 어떤 이들이 주장하듯이 이

60 "실수나 결함"으로 번역한 *ἁμαρτία*(하마르티아)는 "실수, 결함, 죄"를 의미하지만, 비극에서는 악덕이나 악행과 관련이 없어야 하고, 연민을 불러일으켜야 한다는 점에서, 주로 "실수"나 "착각" 정도로 잘못한 경우를 가리킨다고 볼 수 있다. 하지만 성격상의 결함도 도덕적으로 아무 문제가 없는 경우에는 연민을 불러일으킬 수 있기 때문에 이 범주에 함께 넣어도 문제가 되지 않을 것으로 보인다.

61 미케나이의 왕 펠롭스가 죽자, 큰아들 아트레우스는 자기가 먼저 통치한 후에 동생 "티에스테스"에게 왕위를 물려주기로 약속한다. 하지만 형이 약속을 어기자, 티에스테스는 왕비 아에로페를 유혹해서 통치권의 상징인 황금 양모피를 훔치려다가 발각되어 추방된다. 후에 아트레우스는 화해를 청하며 티에스테스를 불러들여서는 동생의 자녀들을 죽여 그 고기를 내어놓는다. 티에스테스는 경악해서 도망치고 아트레우스 가문을 저주한다. 티에스테스는 딸 펠로피아에게서 아이기스토스를 낳고, 아이기스토스는 (아트레우스의 아들인) 아가멤논의 왕비 클리타임네스트라와 공모해서 아가멤논이 트로이아 전쟁에서 돌아오자 죽인다. 그리고 나중에 아가멤논의 아들 오레스테스가 누나 엘렉트라와 함께 아이기스토스와 클리타임네스트라를 죽여 아버지의 원수를 갚는다.

중적이어서는 안 된다.[62] 결말은 불행에서 행복으로 바뀌어서는 안 되고, 행복에서 불행으로 바뀌어야 한다. 그리고 그러한 결말은 앞에서 설명한 사람들이나 그들보다 나은 사람들의 악행이 아니라 큰 실수나 결함에 따른 것이어야 한다. 15

현실에서 일어나는 일이 그 증거다. 처음에 시인들은 방금 말한 것과는 상관없이 아무 이야기나 소재로 삼아 비극을 썼다. 하지만 오늘날 손꼽히게 훌륭한 비극들은 소수의 가문, 예컨대 알크마이온,[63] 오이디푸스, 오레스테스, 멜레아그로스,[64] 티에스테스, 텔레포 20

62 "단일한 결말"은 주인공의 운명만 행복에서 불행으로 바뀌도록 설정하는 결말이고, "이중적 결말"은 등장인물 중 한 명의 운명은 행복에서 불행으로 바뀌고, 그와 대비되는 다른 한 명은 불행에서 행복으로 바뀌도록 설정하는 결말이다.

63 "알크마이온"은 아르고스 왕 암피아라오스와 에리필레 사이에서 태어난 아들이다. 암피아라오스는 친척인 아드라스토스와 함께 아르고스를 다스리다가 분쟁이 일어나자, 아드라스토스의 아버지인 탈라오스를 죽이고 아드라스토스는 추방한다. 결국은 두 사람이 화해하지만, 아드라스토스는 자기 여동생 에리필레를 암피아라오스와 결혼시키면서, 여차하면 남편을 죽이겠다고 맹세하게 한다. 암피아라오스는 예언자였기에 자기가 테바이를 공격하면 죽을 것임을 알고서 출전하지 않으려고 했지만, 아내 에리필레가 오이디푸스의 아들이자 아드라스토스의 사위인 폴리네이케스가 준 "목걸이"에 매수되어 출전을 강요하여 "테바이 공략 일곱 장군" 중 한 명이 된다. 암피아라오스는 "알크마이온"에게 어머니를 죽여 자신의 복수를 해주고 테바이를 반드시 함락하라고 명령하고 전쟁에 나가서 죽는다. 알크마이온은 일곱 장군의 아들들과 함께 테바이를 함락한 후에 돌아와서 어머니를 죽이고, 이로 인해 정신착란을 일으켜 복수의 여신 에리스에게 쫓기면서 방랑을 계속하는데, 어머니의 목걸이가 계속해서 온갖 불행을 일으킨다.

64 "멜레아그로스"는 칼리돈의 왕 오이네우스와 왕비 알타이아의 아들이다. 멜레아그로스가 태어나던 날에 운명의 여신들이 나타나서 화덕에서 타고 있는 장작이 다 타면 아이가 죽을 것이라고 말했기 때문에, 어머니는 화덕의 불을 끄고 장작을 감춘다. 나중에 오이네우스가 제물 바치는 일을 소홀히 해서 아르테미스 여신은 오이네우스를 혼내려고 큰 멧돼지 한 마리를 보내 칼리돈을 쑥대밭으로 만든다. 멜레아그로스는 멧돼지를 죽인 후에 멧돼지를 잡는 데 공을 세운 처녀 사냥꾼 아탈란테에게

스[65] 그리고 끔찍한 일을 저질렀거나 겪은 그 밖의 인물을 소재로 삼는다.

따라서 시학 이론에 의하면, 그런 식으로 플롯을 구성한 비극이 가장 훌륭하다. 그렇기 때문에 에우리피데스는 이 원칙을 자신의 비극에 적용했다. 따라서 에우리피데스가 쓴 많은 비극의 결말이 불행하다고 해서, 그를 비난하는 것은 잘못이다. 앞에서 말했듯이, 그것이 적합한 결말이기 때문이다.

이에 대한 강력한 증거가 있다. 제대로 연출하기만 하면 그러한 비극은 무대나 경연대회에서 비극의 효과를 가장 잘 나타내며, 에우리피데스가 다른 점은 부족해도 가장 비극시인다운 면모를 보여준다는 사실이 그러하다.

멧돼지 가죽을 준다. 평소에 연모해 왔었기 때문이었다. 그러다가 외삼촌들이 그러한 처사에 항의하며 아탈란테에게서 멧돼지 가죽을 빼앗으려고 하자, 멜레아그로스는 외삼촌들을 죽인다. 어머니는 이 소식을 전해듣고서 숨겨둔 장작을 다시 화덕에 넣었고, 장작이 다 타자 멜레아그로스가 죽고 이어서 어머니도 자살한다.

65 "텔레포스"는 그리스 신화에 나오는 헤라클레스의 아들이다. 어머니는 테게아 왕 알레오스의 딸 아우게다. 알레오스는 딸 아우게가 낳은 손자가 자기 아들을 죽이리라는 신탁을 믿고서, 아우게를 아테네 신전의 무녀로 삼아 평생 처녀로 살아가게 하였다. 하지만 아우게는 헤라클레스의 유혹에 넘어가 임신해서 아들을 낳았고, 그 아들이 텔레포스다. 알레오스는 이 사실을 알고서 아우게를 테우트라니아 왕 테우트라스에게 팔아버렸다. 텔레포스가 성인이 된 후에 알레오스의 궁전에 갔다가 자기를 거지라고 비웃는 사람을 죽이는데, 그 사람이 알레오스의 아들이었다. 신탁이 성취된 것이었다. 나중에 텔레포스는 신탁을 따라 테우트라니아로 갔다가 전공을 세웠고, 테우트라스는 아우게를 그에게 주었다. 하지만 아우게는 헤라클레스를 여전히 잊지 못하고 있었기에 첫날 밤에 텔레포스를 죽이려고 하다가, 갑자기 큰 뱀이 나타나 목적을 이루지 못했고, 자기를 텔레포스가 죽이려고 하자 헤라클레스의 이름을 부르며 도움을 청했다. 이 사건을 계기로 두 사람이 모자 사이라는 것이 밝혀진다.

가장 훌륭하다는 평을 듣는 플롯은 『오디세이아』처럼 이중적 플롯을 전개해 나가다가 고귀한 등장인물과 악한 등장인물이 서로 정반대의 결말을 맞는 플롯이다. 그렇게 보이는 이유는 관객의 약점 때문이고, 시인은 관객이 원하는 대로 작품을 쓰기 때문이다. 35

하지만 그러한 작품에서 얻는 즐거움은 희극의 특징이고 비극에서는 얻기 어렵다. 이를테면 오레스테스와 아이기스토스[66] 같이 극 중에서 불구대천의 원수로 등장하는 사람들이라도 희극에서는 결말에 서로 친구가 되어 무대에서 걸어 나가고, 아무도 죽이거나 죽지 않기 때문이다.

66 앞서 각주에서 설명했듯이, "오레스테스"는 아가멤논의 아들이고, "아이기스토스"는 아가멤논을 죽인 인물이다.

제14장

플롯의 목표: 공포와 연민

1453b 공포와 연민은 시각적 요소에서 생길 수도 있지만, 사건의 구성인 플롯 자체에서도 발생한다. 플롯 자체에서 생기는 방법이 더 낫고, 훌륭한 시인들은 이 방법을 사용한다. 사람들이 사건의 구성을 보지 5 않고 듣기만 해도 그 과정에서 전율과 연민을 느끼도록 플롯을 구성해야 하기 때문이다.

그래서 오이디푸스 이야기는 듣기만 해도 그러한 감정을 느끼게 된다. 반면에 그러한 효과를 시각적 요소로 만들어내는 것은 시학 이론과는 별 상관이 없고, 얼마나 많은 비용을 조달하느냐에 달려 있다. 공포를 불러일으키기 위해서가 아니라 단지 기괴함을 연출 10 하려고 시각적 요소를 사용하는 자는 비극과는 아무런 상관이 없다. 비극에서 기대하는 즐거움은 온갖 종류의 즐거움이 아니라 비극만 줄 수 있는 즐거움이기 때문이다.

그런 즐거움은 연민과 공포에서 비롯되고, 시인은 모방을 통해 그러한 즐거움을 만들어내야 하므로, 이러한 즐거움을 사건들 속에서 구축해내야 한다.

그러면 무엇이 공포나 연민을 불러일으키는지를 살펴보자. 그러한 사건은 틀림없이 서로 친구나 원수이거나 친구도 원수도 아닌 관계에서 일어난다. 하지만 그러한 사건이 원수지간에서 일어났거나 일어날 예정이라면, 사람이 고통을 당한다는 사실로 연민이 일어날 수는 있어도, 사건 자체로 인하여는 연민이 일어날 수 없다. 이것은 친구도 아니고 원수도 아닌 사람 사이에서 사건이 일어나는 경우도 마찬가지다. 15

반면에 그러한 사건이 친구 사이에서 일어났다면, 이를테면 형제가 형제를, 아들이 아버지를, 어머니가 아들을, 아들이 어머니를 죽였거나 죽이려고 하거나, 또는 그와 비슷한 사건이 일어났다면, 시인이 소재로 삼기에 적절하다. 20

그렇기 때문에 시인은 예컨대 클리타임네스트라가 오레스테스에게 살해되었다거나, 에리필레가 알크마이온에게 살해되었다는 등의 전해져 내려오는 이야기[67]들을 무시하지 말고, 잘 활용할 길을 찾아보아야 한다. 그러면 "잘 활용한다"는 말의 뜻을 좀 더 분명하게 살펴보자. 25

옛 시인들의 작품에서 볼 수 있듯이, 등장인물이 모든 것을 다 알면서도 의도적으로 연민이나 공포를 불러일으키는 사건을 저지

67 앞에 나오는 여러 각주에서 이미 언급했듯이, 미케나이의 왕 아가멤논의 왕비 "클리타임네스트라"는 "오레스테스"의 어머니이고, 아르고스의 왕 암피아라오스의 왕비 "에리필레"는 "알크마이온"의 어머니다.

를 수 있다. 에우리피데스의 작품에서 메데이아[68]가 자기 자녀들을 죽이는 경우가 그렇다. 또 공포를 불러일으키는 끔찍한 사건을 처음에는 아무것도 모른 채 저질렀다가, 나중에 서로 친구 사이라는 것을 알게 되는 때도 있다. 소포클레스의 작품에 나오는 오이디푸스가 그런 예다. 그러한 경우에는 공포를 불러일으키는 내용이 극 외부에 있다.[69] 반면에 극중에 있는 사례로는 아스티다마스의 작품에 등장하는 알크마이온,[70] 『부상당한 오디세우스』에 등장하는 텔레고노스[71]

30

68 이것은 에우리피데스가 쓴 『메데이아』에 나온다. "메데이아"는 그리스 신화에 나오는 콜키스의 왕 아이에테스의 공주다. 황금 양모피를 얻기 위해 아르고호 원정대를 결성하고 콜키스로 온 이아손에게 반해 그를 도와주고 그와 결혼한다. 여기까지가 극 밖의 전제다. 하지만 나중에 이아손이 자기를 버리고 코린토스 왕 크레온의 공주 글라우케와 결혼하려고 하자, 크레온과 글라우케를 독살하고, 이아손과의 사이에서 낳은 두 아들도 죽여 이아손에게 복수한다.

69 "오이디푸스"는 테바이 왕의 왕자로 태어나지만, 불길한 신탁 때문에 버려졌다가 목동에게 발견되어서, 자식이 없던 이웃나라 코린토스의 왕 폴리보스의 왕자로 입양된다. 폴리보스를 친아버지로 알고 있던 오이디푸스는 나중에 커서 신탁을 알게 되자 코린토스를 떠났지만, 보이오티아로 가는 길목에서 마차를 탄 테바이 왕 라이오스 일행과 시비가 붙어서, 친아버지인 줄 모르고 라이오스를 죽인다. 하지만 이 이야기는 소포클레스가 쓴 비극 『오이디푸스왕』이 전제로 하고 있는 부분이어서 극 밖에 있다.

70 "아스티다마스"는 기원전 4세기 중반에 고대 그리스에서 활동한 비극시인이다. 원래 이야기에서는 "알크마이온"이 자신의 어머니가 에리필레인 것을 알고서 죽이는 것으로 되어 있는데, 아스티다마스가 이 플롯을 어떻게 바꾸어서 알크마이온이 에리필레가 어머니인 줄 모르고 죽이는 것으로 설정했는지는 알려져 있지 않다.

71 소포클레스의 작품으로 알려진 『부상당한 오디세우스』에서 "텔레고노스"는 트로이아 전쟁을 마치고 귀향길에 올랐다가 아이아이에 섬에 표류한 오디세우스와 그 섬에 살고 있던 마녀 키르케 사이에서 태어난 아들이다. 텔레고노스는 어머니의 손에서 자랐고, 성인이 된 후에 어머니의 지시로 이타케 섬으로 아버지를 만나러 가다가 어느 섬에 상륙한다. 그 섬에서 굶주린 나머지 약탈을 하다가 늙은 오디세우스를 죽이게 된다. 텔레고노스는 나중에야 이 사실을 알고서 아버지의 시신을 가지

가 있다.

셋째로, 이런 사례 외에도 등장인물이 아무것도 모른 채 돌이 35 킬 수 없는 끔찍한 사건을 저지르려다가 실행 직전에 모든 것을 알게 되는 경우가 있다. 이런 사례 외에 다른 가능성은 없다. 행위는 저질러지든지 저질러지지 않든지 둘 중 하나이고, 모든 것을 알면서 저지르든지 아무것도 알지 못하고 저지르든지 둘 중 하나일 수밖에 없다는 의미에서 그러하다.

이 모든 사례 중에서 최악은 모든 것을 알면서 행위를 저지르려다가 정작 실행하지는 않는 경우다. 이렇게 하면 거부감만 불러일으킬 뿐이고, 아무 일도 일어나지 않았으므로 비극적이지도 않다. 그렇기 때문에 그런 사건을 소재로 사용하는 시인은 없거나 아주 1454a 드물어서 예를 들자면 『안티고네』에서 하이몬이 크레온을 죽이려다가 멈춘 정도다.[72]

그보다 나은 사례는 모든 것을 알면서도 실제로 그런 행위를

고, 오디세우스의 아내 페넬로페와 함께 아이아이에 섬으로 돌아가서 장례식을 치른 후, 페넬로페와 결혼한다.

72 『안티고네』는 소포클레스의 작품이다. 테바이의 왕 라이오스의 아들 오이디푸스는 어머니 이오카스테와의 사이에서 자녀를 네 명 낳았다. "안티고네"는 그중 딸이고, "폴리네이케스"와 "에테로클레스"는 안티고네의 오빠다. 두 오빠가 테바이의 왕위를 놓고 싸우다 모두 죽자, 다른 오빠 크레온이 왕이 되어 에테로클레스는 후하게 장례를 치러주지만, 폴리네이케스의 시신은 들판에 버려두고 장례를 치르지 말라는 명령을 내린다. 하지만 안티고네는 왕의 명령을 어기고 폴리네이케스의 시신을 묻어주었다가 발각되어 무덤에 갇힌다. 안티고네의 약혼자이자 크레온의 아들 "하이몬"은 안티고네를 구하려고 무덤 속으로 들어갔지만, 안티고네는 이미 목을 매어 죽은 후였다. 크레온은 아들이 안티고네를 따라 죽을까 봐 뒤따라왔는데 하이몬은 아버지를 죽이려고 칼을 빼들고 달려들다가 멈추고 자결하고 만다.

저지르는 것이다. 그리고 그보다 더 나은 예는 아무것도 모른 채 그런 행위를 저질렀다가 나중에 모든 것을 알게 되는 플롯이다. 그럴 때 거부감은 생기지 않고, 인지[73]를 통해 경악을 느낀다.

5 하지만 최고는 다른 데 있다. 『크레스폰테스』에서 메로페가 자기 아들을 죽이려다가 아들임을 알아보고서 죽이지 않거나,[74] 『이피게네이아』에서 누나가 남동생을 죽이려고 하다가 서로 남매라는 것을 알아차리고 죽이지 않거나,[75] 『헬레』에서 아들이 돈을 받고 어머니를 팔아넘기려는 순간에 어머니를 알아보는 경우[76]가 그렇다.

10 앞에서 말했듯이, 바로 이런 이유로 소수의 가문만 비극의 소재가 된다. 시인이 이런 소재를 찾아 플롯에 담아낸 것은 시학 이론을

---

73 "인지"는 극 중에서 지금까지 알려져 있지 않았던 사실이 어느 사건을 계기로 갑자기 밝혀지는 것이다.

74 『크레스폰테스』는 에우리피데스의 작품이다. "크레스폰테스"는 그리스 신화에 나오는 헤라클레스의 후손으로 메세니아의 왕이고, 왕비는 "메로페"다. 폴리폰테스가 반란을 일으켜서 크레스폰테스와 두 아들을 죽이고, 메로페를 차지하지만, 막내 아들인 아이깁토스는 외조부이자 아르카디아 왕 킵셀로스에게 무사히 피신한다. 아이깁토스는 성인이 된 후에 복수를 위해 폴리폰테스의 궁으로 잠입하여, 아이깁토스를 잡아다가 바치겠다고 왕을 안심시키는 교란 전술을 편다. 메로페는 늙은 종을 아르카디아로 보내 아들 아이깁토스에게 조심하라고 알리려고 했는데, 종이 돌아와 아이깁토스가 감쪽같이 사라졌다는 말을 전한다. 메로페는 궁에 들어온 그 청년이 아이깁토스를 죽였다고 단정하고서, 밤중에 그 청년이 머무는 방으로 들어가서 죽이려는 순간, 늙은 종이 아이깁토스를 알아본다.

75 『이피게네이아』는 에우리피데스가 쓴 비극이다. "이피게네이아"는 미케나이의 왕 아가멤논과 클리타임네스트라 사이에서 태어난 딸이고, 남동생은 "오레스테스"다. 이피게니아는 아르테미스 여신에게 제물로 바쳐졌다가 결국에는 타우로이로 가서 아르테미스 여신의 여사제가 되어, 이방인들을 여신에게 제물로 바치는 일을 한다. 그러다가 세월이 흘러 신탁을 따라 그곳에 온 "오레스테스"를 제물로 바치려다가, 남동생이라는 것을 알아차리고서 그곳에서 함께 빠져나온다.

76 『헬레』가 누구의 작품이고 어떤 내용인지는 알려져 있지 않다.

알고 있었기 때문이 아니라 우연에 따른 것이었다.[77] 그래서 시인은 이런 사건을 겪은 가문에 기댈 수밖에 없다.

플롯의 구성과 어떤 플롯이 적절한지는 이 정도면 충분히 설명 했다. 15

77 시인이 시학 이론을 알고 있어서 그 이론에 따라 소재와 플롯을 찾아낸 것이 아니라, 이런저런 시행착오를 거쳐서 그러한 소재와 플롯이 비극에 적합함을 알게 된 것이므로, 정확한 시학 이론에 입각해서는 그러한 소재와 플롯을 만들어낼 수 없었고, 이미 검증되고 확인된 소재와 플롯에 의지할 수밖에 없었다는 뜻이다.

제15장

비극의 구성요소: 성격

성격과 관련해서 우리가 목표로 해야 할 것은 네 가지다. 그중에서 첫째이자 가장 중요한 것은 선함이다.[78] 등장인물이 말이나 행위로 의도를 드러낼 때 어떤 성격을 지니는데, 그런 경우 의도가 선하면 20 성격도 선하다. 이것은 모든 계층에 적용된다. 여자는 열등하고, 노예는 비천하기 짝이 없지만,[79] 여자와 노예도 선할 수 있다.

78 "성격"(ἦθος, 에토스)은 한 사람을 특징짓는 지속적이며 일관된 사고와 감정과 행동의 습관적인 방식이다. 흔히 '캐릭터'(character)라고 불린다. 아리스토텔레스는 성격이 비극의 중요한 구성요소라고 말하면서, 비극에서 다루는 성격의 첫째로 중요한 특성으로 "선함"을 든다. 주인공이 선하지 않으면, 비극의 효과인 연민을 불러일으킬 수 없기 때문이다.

79 고대 그리스에서는 '용감함'(용기)과 '고결함'(품위)을 최고의 덕목으로 쳤는데, '용감함'은 남자의 특성으로 여겼고, '고결함'은 자유민의 특성으로 여겼다. 이런 면에서 여자는 남자보다 열등한 존재였고, 노예는 자유민과 비교해서 비천한 존재였다. 따라서 사랑과 관련해서도 남자가 여자를 사랑하는 것은 성적인 욕망을 좇는 것이어서 천박하지만, 남자가 남자를 사랑하는 것은 "용감함"이라는 미덕을 사랑하는

둘째는 적합성이다. 용감함이라는 성격이 있지만, 용감하거나 똑똑한 성격은 여자에게 적합하지 않다. 셋째는 유사성이다.[80] 이것은 앞에서 말한 선하거나 적합한 성격과는 다르다. 넷째는 일관성이다. 따라서 모방 대상의 성격에 일관성이 없다면, 그 인물은 처음부터 끝까지 일관성이 없어야 한다. 25

불필요하게 악한 성격으로 설정된 예는 『오레스테스』에 나오는 메넬라오스이고,[81] 적합성이 충족되지 않아 어울리지 않는 성격은 『스킬라』에서 오디세우스가 통곡하는 장면[82]과 『현명한 멜라니 30

것이어서 고귀하다고 생각했다. 우리는 이것을 동성애라고 부르지만, 오늘날의 동성애와는 의미가 다르다.

80 아리스토텔레스는 "유사성"이 무엇과의 유사성인지를 설명하지 않는다. 그는 비극에서는 "가능하지만 개연성이 없는 것"보다는 "불가능하지만 개연성이 있는 것"을 다루어야 한다고 말한다. 즉, 비극에서는 현실성이 있는 것을 다루어야 관객의 공감을 불러일으킬 수 있다고 본 것이다. 비극이 흔히 유명한 가문에서 실제로 일어난 일을 소재로 삼는 이유도 그것이다. 따라서 여기에서 말하는 "유사성"은 현실과의 유사성, 즉 현실성을 지녀야 한다는 의미로 보인다.

81 『오레스테스』는 에우리피데스의 비극이다. 아가멤논의 아들 "오레스테스"가 미케나이로 돌아와서 자기 어머니 "클리타임네스트라"와 어머니의 정부 아이기스토스를 죽여서 아버지의 원수를 갚지만, 어머니를 죽인 죄로 사형선고를 받는다. 이때 "메넬라오스"가 트로이아 전쟁에서 돌아오는데, 그는 아가멤논의 동생이자 오레스테스의 숙부로, 메넬라오스의 딸은 오레스테스와 약혼한 사이였다. 그래서 오레스테스가 메넬라오스에게 도움을 청하지만, 메넬라오스는 이상할 정도로 사악하고 비겁한 행태를 보인다.

82 『스킬라』는 그리스의 음악가인 티모테오스(기원전 450-360년경)가 쓴 디티람보스다. "스킬라"는 괴물인데 시켈리아 섬 북동쪽에 있는 메시나 해협의 동굴에 살면서 해협을 통과하는 사람들을 잡아먹는다. 오디세우스가 이 해협을 통과할 때, 선원 중에서 여섯 명이 스킬라에게 잡아먹히는 사이에 배가 해협을 통과한다. 그런데 여기에서 오디세우스가 선원들이 스킬라에게 잡아먹히는 것을 보고 통곡하는데, 아리스토텔레스는 이 장면이 오디세우스가 그동안 보여준 영웅의 면모와 어울리지 않는다고 말한다.

페』에서 멜라니페가 자신을 변호하는 장면[83]에서 볼 수 있다. 일관성이 결여된 예는 『아울리스의 이피게네이아』이다. 이피게네이아가 목숨을 구걸하는 모습은 이후에 묘사되는 모습과 완전히 다르기 때문이다.[84]

성격을 묘사할 때에도 플롯을 구성할 때와 마찬가지로 언제나 35 필연성이나 개연성을 추구해야 한다. 그렇기 때문에 등장인물이 이런저런 말이나 행동을 할 때에는 필연성이나 개연성이 있어야 하고, 그가 어떤 말이나 행동을 한 후에 이어서 나온 말이나 행동 사이에는 필연성이나 개연성이 있어야 한다.

1454b 따라서 사건은 플롯 자체에서 해결해야 하지, 『메데이아』[85]나

83 에우리피데스가 쓴 『현명한 멜라니페』에 나오는 장면이다. "멜라니페"는 테살리아의 왕 아이올로스의 딸로, 바다의 신 포세이돈과 정을 통해 쌍둥이 아들을 낳는다. 아이올로스가 이 사실을 알고서 딸을 감옥에 가두고 두 아들은 숲에 버리려고 하자, 멜라니페는 두 아이가 자기 아들이 아니라고 강변하며 자신을 변호한다. 아리스토텔레스는 여기에서 멜라니페의 자기 변호가 궤변이긴 하지만 대단히 지적이고 논리정연해서 여자라는 '성격'과 맞지 않는다고 말한다.

84 『아울리스의 이피게네이아』는 에우리피데스의 작품이다. 아가멤논이 트로이아 원정을 위해 그리스 군을 아울리스 항에 집결시킨 후에 출항을 위해 순풍을 기다리면서, 아르테미스 여신에게 제물로 바쳐진 사슴을 활로 명중시켜 죽이고서는, 여신도 이렇게 할 수는 없을 것이라며 우쭐댄다. 이 말에 아르테미스 여신이 분노하여 순풍을 막아버렸고, 아가멤논은 딸 "이피게네이아"를 제물로 바쳐야 여신의 분노가 풀릴 것이라는 말을 예언자에게서 듣고서, 이피게네이아를 아울리스 항으로 데려온다. 이피게네이아는 아무것도 모른 채 아울리스 항에 왔다가 사실을 알고 나서 살려달라고 애원하다가, 갑자기 조국을 위해 기꺼이 제물이 되겠다며 결연한 모습을 보인다. 여기에서 아리스토텔레스는 이피게네이아가 살려달라고 애원하는 비겁한 모습이 그 직후의 결연하고 용감한 모습과 너무나 달라서 성격의 일관성이 없다고 지적한다.

85 『메데이아』는 에우리피데스의 작품이다. 콜키스의 왕 아이에테스의 딸인 "메데이아"는 자기 나라에 있는 황금 양모피를 찾으러온 이아손에게 반하여 그를 도와주고

『일리아스』에 나오는 그리스 군의 회군과 관련된 이야기처럼[86] 기계장치로 해결해서는 안 된다.[87] 기계장치는 극 밖의 사건, 즉 사람으로서는 알 수 없는 과거의 일이나 미래의 일을 미리 말하거나 설명할 필요가 있을 때만 사용해야 한다. 모든 것을 아는 것은 신의 몫이기 때문이다. 또 플롯 전개 시 불합리한 것이 없어야 한다. 혹시 불합리한 것이 필요하다면 소포클레스의 『오이디푸스왕』처럼 극 외부 5

서 함께 도망쳐서 결혼한 후 코린토스에 정착한다. 『메데이아』는 여기까지를 전제로 하고서, 코린토스에 정착한 다음에 메데이아가 겪는 비극적 운명을 다룬다. 이아손이 메데이아를 버리고, 코린토스의 왕인 크레온의 공주와 결혼하려고 하자, 메데이아는 크레온과 그 공주를 죽인 후에, 아이손에게 고통을 주기 위해 자신의 두 아들까지 죽인다. 이것을 알고 이아손이 달려오지만, 메데이아는 조부인 태양신 아폴론이 보낸 마차를 타고 공중을 날아, 자기에게 피신처를 제공하겠다고 한 아테네의 왕 아이게우스에게로 가버린다. 여기에서 아리스토텔레스는 이 마지막 장면이 기계장치를 이용한 해결이어서 설득력이 없다고 지적한다.

86 호메로스의 『일리아스』는 아가멤논이 이끄는 그리스 군대와 트로이아 간의 전쟁이 9년 동안이나 교착상태에 빠지고, 아킬레우스와 아가멤논 사이에서 불화가 싹트는 장면에서 시작된다. 제우스를 비롯한 여러 신 중에는 그리스 군대를 지지하는 신도 있었고, 트로이아를 지지하는 신도 있었다. 하지만 모든 신은 그리스 군대가 끝까지 버티기만 한다면, 결국에는 승리를 거둘 것임을 알고 있었다. 아가멤논은 군대의 사기를 돋우기 위해서 회군을 제안하지만, 그리스 군대는 그것을 진짜로 믿고서 열렬히 환영한다. 그러자 아테나 여신은 트로이아의 왕자 파리스에게 모욕을 당한 적이 있어서 그리스 군대를 지지했으므로, 기계장치를 사용해 나타나서 그리스 군대가 회군하지 못하도록 막는다.

87 "기계장치"로 번역된 *μηχανή*(메카네)는 무대에서 사용된 기계장치로, 오늘날의 기중기 같은 것으로 보이고, 신을 등장시키는 데 사용한 것은 '테올로게이온'으로 불렸다. 이런 기계장치는 신이나 어떤 것을 갑자기 등장시켜 사건을 해결하는 데 쓰였다. 에우리피데스가 기계장치를 많이 사용했다. 특히 기계장치를 통해 신을 등장시켜 극의 긴박한 국면을 타개하고 결말로 이끌어가는 것을 지칭하는 *ἀπὸ μηχανῆς θεός*(아포 메카네스 테오스, "기계장치에서 나타나는 신")라는 표현도 생겼다. 이 표현은 "deus ex machina"(데우스 엑스 마키나)라는 라틴어로 더 자주 쓰인다.

에 두어야 한다.[88]

비극은 우리보다 더 나은 사람들을 모방하는 것이기 때문에, 유능한 초상화가를 본받아야 한다. 유능한 초상화가는 인물의 원래 모습을 비슷하게 재현하면서도 실제보다 더 아름답게 그린다. 시인도 성미가 급한 사람이나 느긋한 사람이나 그 밖의 성격을 지닌 사람을 모방할 때 그런 특정 성격을 지닌 인물로 묘사하면서도 실제보다 더 훌륭하게 그려야 한다. 예를 들어, 호메로스는 아킬레우스를 완고하면서도 선한 인물로 그렸다.

이상이 비극을 쓸 때에 꼼꼼하게 지켜야 하는 사항이다. 그리고 비극을 창작할 때는 이런 사항 외에도 사람들이 어떻게 받아들일지도 반드시 고려해야 한다.[89] 이러한 점에서도 실수를 저지를 가능성이 많기 때문이다. 하지만 그 문제는 앞서 나온 저작에서 이미 충분히 다루었다.

88 "불합리한"으로 번역한 ἄλογος(알로고스)는 λόγος(로고스)가 없다는 것이기 때문에, "말이 되지 않는" 또는 "이치에 맞지 않는"이라는 뜻이다. 『오이디푸스왕』에서 오이디푸스는 길에서 생부인 테바이 왕 라이오스와 시비가 붙었다가 생부를 죽인다. 하지만 라이오스가 생부라는 것을 나중에 알고 난 후에도, 자기가 아버지를 죽였을 가능성을 전혀 생각하지 않았고, 게다가 행방불명된 아버지를 적극 찾으려고 하지도 않는다. 아리스토텔레스는 오이디푸스의 그러한 행태는 불합리한 것이긴 하지만, 이것은 극이 전제로 하는, 극 밖의 일이고 극 중에서 다루는 내용은 아니기 때문에, 그래도 좀 낫다고 평가한다.

89 "사람들이 어떻게 받아들일지"의 의미는 확실하지 않다. 하지만 아리스토텔레스가 『시학』에서는 시학 이론 자체만 다루고, 관객과 극의 상호작용은 거의 다루지 않았기 때문에, 관객과 극의 상호작용이 극에 미치는 영향과 효과도 고려해야 한다는 의미로 보인다. 이러한 내용은 『수사학』과 『시인론』 등에서 다루었다.

제16장

인지

인지[90]는 앞에서 이미 말했다. 인지는 여러 종류가 있다. 첫째는 증 20
표를 통해 일어나는 인지로, 미숙한 시인이 가장 많이 사용하며 시
와는 가장 어울리지 않는다. 이러한 증표로는 "땅의 족속이 태어나
면서 몸에 지니고 있는 창 끝 모양 사마귀"[91] 또는 카르키노스의 『티

90 "인지"(ἀναγνώρισις, 아나그노리시스)는 전에 모르던 일이 갑자기 드러나는 것으로, 특히 어떤 일이 나타나면서 대단원이나 결말로 이어지는 것을 가리킨다. 자세한 것은 제11장을 보라.

91 페니키아의 왕 아게노르는 딸 에우로페가 제우스에게 납치되자, 아들 카드모스에게 누이동생을 찾아오라고 명령한다. 그 과정에서 카드모스가 아테나 여신의 권유로 전쟁의 신 아레스의 용을 죽인다. 용의 이빨을 땅에 심자, 거기에서 용사가 나오는데, 그중 다섯이 카드모스를 도와 테바이를 창건한다. 테바이의 귀족이 된 이 다섯 용사의 자손의 몸에는 "창 끝 모양 사마귀"가 있었다. "안티고네"와 관련된 어떤 이야기에서는 크레온이 아들인 하이몬과 테바이 왕 오이디푸스의 딸 안티고네 사이에서 태어난 자식인 마이온을 이 증표를 본 후에 알아봤다고 말한다.

에스테스』에 등장하는 별[92]처럼 선천적인 것도 있고, 후천적인 것도 있다. 후천적인 증표로는 흉터처럼 몸에 지닌 것도 있고, 목걸이나 『티로』에 나오는 작은 배[93]처럼 몸 밖에 나온 것도 있다.

25

인지의 수단으로 이러한 증표를 능숙하게 사용하는 때도 있고, 서툴게 사용하는 경우도 있다. 예를 들어, 오디세우스는 자기 몸에 있는 흉터 때문에 유모에게 정체를 들키지만,[94] 돼지를 치는 하인에게는 자신의 신분을 밝히는 증거로 이 흉터를 사용하기도 한다.[95] 다른 사람에게 믿음을 주기 위해서나 그와 목적이 비슷한 증표 사용은 모두 비극과 어울리지 않는다. 반면에 유모가 오디세우스의 발을 씻어주는 장면에서 반전을 통해 인지가 일어난 것은 증표를 능숙하

30

92 "카르키노스"는 기원전 4세기 초에 고대 그리스에서 활동한 비극시인이다. "티에스테스"는 펠롭스의 아들이고, 펠롭스는 프리기아의 왕 탄탈로스의 아들이다. 탄탈로스가 신들을 시험하기 위해 펠롭스를 죽여 요리를 해서 신들에게 내놓자, 데메테르만 그 요리를 먹는다. 나중에 신들이 펠롭스의 사지를 모아 다시 살려내고 데메테르가 먹은 어깨뼈는 상아로 대체한다. 이렇게 해서 펠롭스 자손의 어깨에는 별 모양 반점이 생겼다.

93 그리스 신화에서 "티로"는 살모네의 왕 살모네우스의 딸이다. 바다의 신 포세이돈의 속임수에 넘어가서 펠리아스와 넬레우스라는 쌍둥이 아들을 낳지만, 계모인 시데로의 학대로 이 아들들을 "작은 배"에 실어 멀리 떠나보낸다. 소포클레스의 작품인 『티로』에서는 "티로"가 두 아들을 알아보는 증표로 이 "작은 배"가 사용된다.

94 호메로스의 『오디세이아』에서 오디세우스는 20년 만에 귀향하면서 거지 행색으로 궁으로 들어가고, 아내 페넬로페는 오디세우스의 유모였던 에우리클레이아에게 손님의 발을 씻겨주게 한다. 유모는 발을 씻겨주다가 다리에 있는 흉터를 보고서 오디세우스를 알아본다. 이 흉터는 오디세우스가 외조부가 살고 있던 파르낫소스산에서 사냥을 하다가 멧돼지의 엄니에 받쳐 입은 상처였다.

95 호메로스의 『오디세이아』에서 오디세우스는 거지 행색으로 궁으로 들어가서, 아내 페넬로페의 구혼자들이 벌이는 온갖 횡포를 직접 보고서, 모두 죽이기로 결심한다. 그렇게 하려면 다른 사람의 도움이 필요했다. 그래서 자기 집에서 오랫동안 일한 하인을 찾아가서 다리의 흉터를 보여주며 자기가 오디세우스임을 증명한다.

게 잘 사용한 경우다.

둘째는 작가가 인위적으로 만든 인지로, 이는 인위적이어서 비극과 어울리지 않는다. 예를 들면 『이피게네이아』에서 오레스테스는 스스로 정체를 밝힌다. 이피게네이아 사례에서는 자기가 쓴 편지 때문에 인지가 일어나지만, 오레스테스는 플롯이 아니라 작가가 원하는 것을 오레스테스가 직접 말하는 것으로 인지가 일어난다. 따라서 오레스테스가 정체를 밝힌 것은 몸에 증표를 지녔던 것과 별로 다르지 않기 때문에, 위에서 말한 첫째 종류의 인지와 거의 동일한 결함이 있다고 할 수 있다. 소포클레스의 『테레우스』에서 "베틀의 북에서 나는 소리"도 그런 경우다.[96] 35

셋째는 기억을 통한 인지로, 어떤 것을 보고 기억이 되살아나는 것이다. 디카이오게네스의 『키프로스 사람들』에서는 주인공이 초상화를 보고 울음을 터뜨리고,[97] "알키노오스 이야기"에서는 오디세우 1455a

96 소포클레스의 『테레우스』는 단편으로만 남아 있다. 이 작품은 그리스 신화에 나오는 트라케의 왕 테레우스에 관한 이야기를 소재로 한 것이다. 테레우스는 아테네의 왕 판디온의 딸 프로크네와 결혼한다. 하지만 처제인 필로멜레에게 반해 숲속에 있는 성채로 처제를 데려가서 겁탈한다. 이 사실을 은폐하기 위해 필로멜레의 혀를 자르고 성채에 감금한 후, 프로크네에게는 처제가 오는 도중에 죽었다고 거짓말을 한다. 필로멜라는 숲속의 성채에 일 년 넘게 갇혀 지내면서 베틀을 이용해 옷감을 짠 후 하인을 시켜 궁에 있는 프로크네에게 보낸다. 프로크네는 이 옷감을 보고서 진상을 모두 알아차리고서는, 테레우스를 닮은 아들 이티스를 죽여서 그 고기를 테레우스의 식탁에 내어놓는다. 식사가 끝난 후에 이티스의 머리를 테레우스 앞에 내밀자, 테레우스가 모든 것을 알아채고 도끼를 들고 쫓아온다. 이에 제우스가 프로크네는 나이팅게일로, 필로멜레는 제비로 둔갑시켜 두 자매를 구해준다. 여기에서 "베틀의 북 소리"는 베틀의 북에서 울리는 소리가 아니라, 베틀의 북 소리를 통해 짠 옷감을 가리킨다.

97 "디카이오게네스"는 기원전 5세기 말에 활동한 고대 그리스의 비극시인이다. 그가

스가 키타라 연주를 들으면서 지난날을 회상하며 눈물을 흘리면서 인지가 일어난다.[98]

넷째는 추리를 통한 인지다. 예컨대 『제주를 바치는 여인들』에는 다음과 같은 추리가 나온다. "나를 닮은 어떤 사람이 찾아왔다. 나를 닮은 사람은 오레스테스 외에는 아무도 없다. 따라서 오레스테스가 찾아온 것이다."[99] 소피스트인 폴리이도스가 『이피게네이아』와 관련해서 한 말에도 추리를 통한 인지가 보인다. "누나가 제물이 된 것처럼, 나도 제물이 되겠구나" 하는 추리가 오레스테스에게는 자연스러웠다. 또 다른 예를 들면, 테오덱테스의 『티데우스』에서 아버지는 "아들을 찾으러 왔다가 내가 죽겠구나" 하고 추리하고, 『피네우스의 딸들』에서 여자들은 자기들이 도착한 장소에서 전에 사람들이 죽었다는 것을 알고 있었기 때문에, 자기들도 죽으리라고 추리하며

쓴 『키프로스 사람들』에 관해서는 알려진 내용이 없지만, "테우크로스"를 소재로 한 것으로 추정된다. 테우크로스는 살라미스의 왕 텔라몬의 아들로서, 형 아이아스와 함께 트로이아 전쟁에 참전했다가 홀로 돌아왔다는 이유로 살라미스에서 추방되자, 키프로스로 가서 키프로스의 왕 키니라스의 딸 에우네와 결혼해서 거기에 제2의 살라미스를 건설한다. 그 후에 아버지가 죽었다는 소식을 듣고서 변장하고 살라미스에 갔다가 아버지의 초상화를 보고 울음을 터뜨리고, 이로써 신분이 드러난다.

98 "알키노오스 이야기"는 오디세우스가 트로이아 전쟁을 끝내고 귀향하다가 난파하여 스케리아 섬으로 표류해서, 그곳의 왕 알키노오스에게 자기가 겪은 일을 들려주는 대목으로, 『오디세이아』의 9-12권에 해당한다.

99 『제주를 바치는 여인들』은 아이스킬로스의 작품이다. 미케나이의 왕 아가멤논과 클리타임네스트라 사이에서 태어난 오레스테스와 여동생 엘렉트라가 어머니 클리타임네스트라와 어머니의 정부 아이기스토스를 죽여 아버지의 원수를 갚는 이야기를 다룬다. 오레스테스는 원수를 갚기 위해 아르고스로 가서 아버지의 무덤 앞에 자기 머리털을 잘라서 바치며 원수를 갚겠다고 맹세한다. 이때 엘렉트라가 시녀들과 함께 아버지 무덤에 제주를 바치기 위해 오고, 오레스테스는 몸을 숨긴다. 엘렉트라는 그 머리털을 보고서 여기에 나오는 추리를 한다.

운명을 예감한다.[100]

또 시인의 설정과 관객의 잘못된 추리가 결합된 인지가 있다. 이를테면, 『거짓 사자 오디세우스』에서, 시인은 오디세우스만 활을 당길 수 있다고 설정한다. 오디세우스는 자기가 그 활을 본 적이 없지만 실제로 보면 알아볼 수 있을 것이라고 말한다. 오디세우스의 정체는 사실 오디세우스가 활을 당길 때 밝혀져야 하는데, 활을 알아볼 때 밝혀지리라고 생각하는 것은 잘못된 추리이다.[101]

하지만 가장 뛰어난 인지는 사건이 자연스럽게 전개되는 과정 자체에서 깜짝 놀랄 일이 밝혀지는 경우다. 소포클레스의 『오이디푸스왕』이나 『이피게네이아』에 그런 예들이 나온다. 이피게네이아가 편지를 보내고 싶어 하는 것은 자연스러운 일이기 때문이다. 이런 인지만 '목걸이'같이 작가가 인위적으로 만든 증표에 좌우되지 않는다. 다음으로, 추리를 통한 인지를 탁월한 것으로 여긴다.

100 "소피스트 폴리이도스"에 대해서는 알려진 것이 없다. "테오덱테스"(기원전 380년경-340년경)는 비극시인으로서 플라톤의 제자이자 아리스토텔레스의 절친이었다. 테오덱테스의 『티데우스』와 『피네우스의 딸들』은 알려진 내용이 없다. 하지만 이 두 작품에서 주인공들이 자기 운명을 추리하여 겉으로 드러내면서 대단원으로 나아가는 인지가 일어난 것이 분명하다.

101 『거짓 사자 오디세우스』의 저자와 내용은 알려져 있지 않다. 하지만 다음과 같이 내용을 추정할 수 있다. 오디세우스 사자로 위장해 궁으로 들어와서, 아내 페넬로페의 구혼자들에게 오디세우스가 죽었다고 전한다. 그리고 시인은 다른 구혼자는 오디세우스의 활에 시위를 걸지 못하고, 오디세우스만 할 수 있다고 설정한다. 하지만 실제로는 사자로 위장한 오디세우스가 그 활을 알아본 것만으로 신분이 밝혀진다. 아리스토텔레스는 전자는 추리에 의한 인지가 될 수 있지만, 후자는 그 활을 전에 본 사람은 누구나 알아볼 것이므로 잘못된 추리에 의한 인지라고 지적한다.

제17장

플롯의 구성: 장면, 개요, 에피소드

플롯을 구상하고 대사로 표현해서 완성할 때는 그 플롯을 눈앞에 그려보는 것이 가장 좋다. 그렇게 하면 모든 사건을 마치 현장에서 25 직접 목격하는 것처럼 아주 생생하게 볼 수 있기 때문에, 무엇이 적절한지를 찾아낼 수 있고, 앞뒤가 맞지 않는 것을 못 보고 지나칠 가능성이 최소화된다.

카르키노스의 작품이 비판을 받는다는 사실이 그 증거다. 그 작품에서는 암피아라오스가 신전에서 돌아오는 장면이 문제가 되었다.[102] 관객이 무대에서 직접 보지 않았더라면, 그 장면은 아무 문제

102 "카르키노스"는 기원전 4세기에 활동한 고대 그리스 비극시인이다. "암피아라오스"는 테바이 공략 일곱 장군 중 하나다. 암피라아오스는 예언자이기에 자기가 테바이 공략에 가담하면 죽을 것을 알지만, 아내 에리필레가 강요하여 출전해 전사한다. 암피아라오스는 출전하기 전에 아들 알크마이온을 불러서 모든 사정을 말하고 나중에 어머니를 죽여 복수할 것과 테바이를 다시 공략할 것을 명령한다. 아마도 여

도 없었을 것이다. 하지만 무대에서는 실패했다. 관객은 무대에서 펼쳐진 그 장면에 실망했기 때문이다. 30

또 시인은 자기 작품에 나오는 사건을 직접 연기해보아야 한다. 그렇게 해서 자기가 묘사한 인물의 감정을 직접 느껴보아야 작품의 설득력이 가장 커진다. 실제로 분노를 경험해보아야 분노한 사람을 가장 실감 나게 표현해낼 수 있다. 그렇기 때문에 천부적인 재능이 있거나 신들린 자만 시인이 될 수 있다. 전자는 어떤 등장인물에든 쉽게 빠져들어서 연기해낼 수 있고, 후자는 자기 자신에게서 쉽게 벗어날 수 있기 때문이다.

플롯은 이미 만들어진 것이든 작가가 새롭게 창작했든 먼저 전체 개요를 작성하고, 그런 후에 거기에 에피소드를 채워 넣어 상세하게 발전시켜야 한다. 1455b

전체 개요가 무엇인지는 『이피게네이아』를 예로 들어 살펴보자. 한 소녀가 제물로 바쳐졌는데, 제물로 바친 사람들에게서 감쪽같이 사라져서 다른 지역으로 옮겨진다. 그곳에는 이방인을 여신에게 제물로 바치는 관습이 있었고, 소녀는 그 의식을 주관하는 여사제가 된다. 시간이 얼마간 지난 후에 이 여사제의 남동생이 우연히 그 지역에 온다. 신이 남동생에게 그곳으로 가라고 명령한 사실과 그 명령의 목적은 플롯의 전체 개요 밖에 있다.[103] 남동생은 그곳에 5

기에서 아리스토텔레스는 암피아라오스가 신탁을 받고서 신전에서 돌아오는 장면을 묘사한 부분을 예로 들며, 그 부분에 문제가 있어 사람들에게 비판받았는데, 시인이 그 장면을 머릿속에 그려보았더라면 그러한 모순된 묘사를 걸러낼 수 있었으리라고 말하는 것 같다.

103 "플롯의 전체 개요 밖에 있다"는 것은 극에서 다루지 않는 내용이라는 뜻이다. 대체

10 오자마자 붙잡히고, 제물로 바쳐지려는 순간 정체가 밝혀진다. 에우리피데스나 폴리이도스의 작품에서처럼 남동생의 입에서 "내 누나만 아니라 나도 제물이 될 운명이었구나" 하는 탄식이 아주 자연스럽게 흘러나오고, 이것 때문에 인지가 일어나 남동생은 목숨을 건지게 된다.

이렇게 전체 개요를 작성한 후에는 등장인물에게 이름을 붙이고, 에피소드를 채워 넣어야 한다. 이때 적절한 에피소드를 사용해야 한다. 오레스테스의 광기가 발작해서 붙잡히거나,[104] 신상을 깨끗

15 케 해야 한다는 핑계를 만들어서 무사히 도망치는[105] 에피소드를 예

로 그리스의 비극은 잘 알려진 신화나 이야기를 소재로 한다. 따라서 사람들이 주인공에 관한 이야기를 처음부터 끝까지 다 아는 경우가 대부분이다. 비극은 그러한 이야기 일부를 소재로 삼아 극을 완성하기 때문에, 나머지 부분은 극에서 전제로 한다. 이것을 "극 밖에 있다", 또는 극의 "플롯 밖에 있다"라고 말한다.

104 이것은 『타우리케의 이피게네이아』에 나온다. 미케나이의 왕 아가멤논의 아들인 "오레스테스"는 어머니 클리타임네스트라를 죽여 아버지의 원수를 갚았지만, 이 일로 광기에 사로잡혀 복수의 여신에게 쫓기는 신세가 된다. 이때 태양의 신 아폴론이 "타우리케"에 있는 아르테미스 여신상을 그리스로 가져오면 죄를 용서받고 광기에서 벗어날 것이라고 말해준다. 타우리케는 아가멤논이 아르테미스 여신에게 제물로 바친 "이피게네이아"가 아르테미스의 여사제로 있는 곳이었다. 타우리케에 간 오레스테스는 소와 개가 울부짖는 소리를 복수의 여신들의 소리로 착각하여 광기가 발작해서 칼을 빼들고 소들에게 달려들어 닥치는 대로 죽이다가, 거품을 토하며 쓰러진 후 붙잡혀 자신의 누나인 이피게네이아 앞으로 끌려간다.

105 이것도 『타우리케의 이피게네이아』에 나온다. 이피게네이아는 오레스테스가 남동생인 것을 알아차리고서, 아르테미스 여신상을 훔쳐서 함께 도망칠 계책을 세운다. 오레스테스는 타우리케의 왕인 토아스에게 가서, 자신과 그의 친구가 여신상에게 도움을 요청했는데 여신상이 뒤로 돌아앉아 눈을 감고 있는 것은 이 둘이 죄를 지었다는 증거이므로 두 사람은 물론 여신상도 바닷물로 정화해야 한다고 거짓말을 한다. 그리고 이 정화 의식이 부정을 타지 않도록, 의식을 치르는 동안 사람들은 절대로 집 밖에 나오면 안 되고, 왕도 신전에 머물러 있어야 한다고 말한다. 이렇게 해서 세 사람은 여신상을 가지고 그리스로 돌아온다.

로 들 수 있다.

극에서는 에피소드가 짧지만, 서사시는 에피소드 때문에 길어진다. 『오디세이아』의 스토리 자체는 그리 길지 않다. 어떤 사람이 오랫동안 고향을 떠나 타지를 전전한다. 포세이돈이 엄격하게 감시하고 있어 그 사람은 늘 홀로 지낸다. 한편 고향에서는 아내의 구혼 20 자들이 그 사람의 재산을 낭비하면서, 아들을 죽이려는 음모를 꾸민다. 그는 온갖 역경을 헤치고 마침내 고향에 돌아와서 몇 사람에게만 정체를 밝히고는, 원수를 모조리 해치우고 살아남는다. 이것이 원래 스토리이고, 나머지는 에피소드에 해당한다.

제18장

플롯의 구성: 갈등과 해결

25 모든 비극은 갈등과 해결로 구성된다. 갈등은 극 밖의 것을 포함하고, 흔히 극 안의 것 중 일부를 포함한다.[106] 나머지는 해결에 속한다.

내가 말하는 갈등은 극의 스토리가 시작되는 부분부터 주인공의 운명이 행복이나 불행으로 바뀌기 직전까지이고, 해결은 운명이 바뀌기 시작하는 부분부터 끝날 때까지다. 따라서 테오덱테스의 30 『린케우스』에서 극이 시작되기 전에 이미 전제하는 사건이 있고, 아이가 붙잡힌 것 그리고 그런 후에 …까지가 갈등이고, 살인에 대한 고발부터 끝까지는 해결이다.[107]

106 일반적으로 비극은 이미 알려진 유명한 신화나 전설 또는 이야기 중에서 일부만 다룬다. 여기에서 "극 밖의 것"은 극이 다루지는 않지만 전제로 하는 부분이고, "극 안의 것"은 극이 다루는 부분이다.

107 『린케우스』에 관한 전체 이야기는 이러하다. 이집트 왕 아이깁토스와 다나오스는 형제로, 아이깁토스에게는 아들이 50명, 다나오스에게는 딸이 50명 있었다. 아이

비극의 종류는 네 가지다(앞에서 말했듯이 비극을 구성하는 요소가 네 가지이기 때문이다).[108] 첫째는 전체가 반전과 인지로 이루어진 복합 비극이다.[109] 둘째는 아이아스[110]나 익시온[111]을 소재로 한 것 같은

깁토스가 자기 아들들을 다나오스의 딸들과 결혼시키려고 하자, 다나오스는 딸들을 데리고 아르고스로 피신한다. 그런데도 아이깁토스의 아들들이 따라와서 끈질기게 청혼하자, 다나오스는 결혼을 승낙하면서 딸들에게는 첫날밤에 아이깁토스의 아들들을 다 죽이라고 명령한다. 그러나 휘페름네스트라만 린케우스를 죽이지 않고 함께 달아나서 아바스라는 아들을 낳는다. 여기까지가 『린케우스』에서 전제로 하는 부분이고, 『린케우스』는 이 아이가 붙잡히는 장면에서 시작된다. 그런 후에 계속해서 갈등이 전개되다가, 다나오스가 아이깁토스의 아들 49명을 죽인 사실이 고발됨으로써 극은 해결 국면에 접어든다.

108 여기에서 말하는 "비극을 구성하는 요소"는 반전, 인지, 수난, 성격이다. 아리스토텔레스는 6장에서 비극의 구성요소로 플롯, 성격, 사상, 대사, 시각적 요소, 노래를 들었지만, 이중에서 "성격"만 비극의 종류와 관련이 있다. 그리고 11장에서는 비극의 플롯을 "반전", "인지", "수난"으로 구분한다. 10장에서는 "단순 사건"과 "복합 사건"으로 구분했지만, 이것은 반전과 인지를 기준으로 한 구분일 뿐이다.

109 "복합 비극"은 반전과 인지로 구성된 비극이고, "단순 비극"은 반전과 인지로 구성되지 않은 비극이다.

110 "아이아스"는 살라미스의 왕 텔라몬의 아들로, 트로이아 전쟁에 참전했는데, 그리스 군 안에서는 아킬레우스 말고는 아이아스보다 용맹한 장군이 없었다. 아킬레우스가 트로이아의 왕자 파리스의 화살에 맞아 죽자, 아이아스는 오디세우스와 함께 트로이아 군을 돌파하여 아킬레우스의 시신을 그리스 군 진영으로 가져온다. 시신을 지킨 공로가 가장 큰 사람에게 유물을 요구할 권리를 주는 관례에 따라 아킬레우스의 장례식 때 그의 갑옷을 놓고 오디세우스와 말다툼이 벌어진다. 아킬레우스의 갑옷이 오디세우스의 차지가 되자, 아이아스는 분을 이기지 못하고 한밤중에 그리스 군의 모든 장군을 죽이려고 한다. 하지만 아테나 여신이 이를 눈치 채고서 아이아스에게 광기를 불어넣는 바람에, 아이아스는 양 떼를 오디세우스와 아가멤논을 비롯한 그리스 군 장군으로 착각하고서 도륙한다. 아이아스는 아침에 제정신이 돌아오자 자기 행동이 부끄러워서 헥토르에게서 받은 칼로 자결한다.

111 테살리아의 왕 "익시온"은 약속한 결혼 선물을 주지 않으려고 장인 데이오네우스를 뜨거운 숯이 가득한 구덩이에 떨어뜨려 죽였기 때문에, 어떤 신도 익시온을 씻어주려고 하지 않았다. 제우스가 광기에 빠진 익시온을 불쌍히 여겨 죄를 씻어주지만, 익시온은 제우스의 아내 헤라를 범하려 한다. 그러자 제우스는 익시온을 타르타로

수난 비극이다. 셋째는 『프티아의 여인들』이나 『펠레우스』같은 성
1456a 격 비극이다.[112] 넷째는 『포르키스의 딸들』[113]이나 『프로메테우스』 또
는 저승을 무대로 하는 단순 비극이다.[114]

시인은 이 모든 비극에 정통하기 위해 최선을 다해야 한다. 그
렇게 하지 못하겠거든 그중에 가장 중요한 비극에 최대한 많이 정
5 통해야 한다. 오늘날에는 그렇게 하지 않는 시인이 혹평을 받기 때
문이다. 전에는 한 시인이 비극 중 어느 한 종류만 탁월하게 쓰면 되
었지만, 오늘날에는 한 시인이 이전에 각각의 비극에서 훌륭했던 시
인을 모두 뛰어넘어야 한다고 요구하기 때문이다.

비극이 서로 동일한지 다른지를 말할 때는 플롯을 보고서, 즉
갈등과 해결이 동일한지 그렇지 않은지를 보고 판단하는 것이 옳다.
10 많은 시인이 갈등을 다루는 데는 능숙하지만, 해결을 다루는 데는

스(저승)에 가두고 불타는 수레바퀴에 묶어 영원히 고통당하게 했다.

112 『프티아의 여인들』은 소포클레스가 쓴 비극으로 내용은 알려져 있지 않다. 『펠레우스』는 소포클레스가 쓴 것도 있고 에우리피데스가 쓴 것도 있다고 하나, 역시 내용은 알려져 있지 않다.

113 『포르키스의 딸들』이라는 제목의 극은 아이스킬로스가 쓴 사티로스극만 단편으로 알려져 있다. 따라서 아리스토텔레스가 어느 작품을 말하는지는 알 수 없다. "포르키스"는 그리스 신화에서 바다의 노인이라 불리는 바다의 신 중 하나다. 포르키스는 누이동생인 케토와 결혼해서 많은 괴물을 낳았으며, 이들을 "포르키스의 딸들"이라 부른다. 포르키스의 딸로는 뱀 모양 괴물인 에키드나(반인반수의 괴물 티폰과 결혼해서 저승의 개들을 낳았다), 머리털이 뱀인 고르고네스 세 자매(그중 하나가 메두사다), 선원들을 홀리는 세이렌 자매 등이 있다.

114 "프로메테우스"는 그리스 신화에 나오는 티탄족 아이페토스의 아들로서, 제우스가 감춰둔 불을 훔쳐 인간에게 준 장본인이다. 제우스는 프로메테우스를 코카서스의 바위에 쇠사슬로 묶어두고서, 낮에는 독수리에게 간을 쪼아먹히고, 밤에는 간이 다시 회복되는 고통을 영원히 겪게 했다.

서투르다. 하지만 이 두 가지를 다 갖추어야 한다.

또 앞에서 누누이 말한 대로, 서사시 플롯을 비극에 그대로 사용해서는 안 된다는 점을 명심해야 한다. 여기에서 서사시 플롯은 스토리가 여럿인 플롯을 가리킨다. 예컨대 『일리아스』에 나오는 모든 스토리를 비극의 플롯에 담아내려고 해서는 안 된다. 서사시는 길게 전개되기 때문에 각 부분의 크기를 적절하게 할 수 있지만, 이것을 그대로 비극으로 만들면 결과가 완전히 딴판으로 나온다.

트로이아 성을 함락한 이야기 일부분을 극으로 만든 에우리피데스와는 달리 전부를 극으로 만든 시인이나,[115] 니오베에 관한 이야기 일부분을 극으로 만든 아이스킬로스와는 달리 전부를 극으로 만든 시인이 공연이나 경연에서 실패한 것이 그 증거다.[116] 아가톤조차도 이 한 가지 때문에 실패했다.[117]

115 "트로이아 성을 함락한 이야기"는 『일리아스』에 이어서 트로이아가 함락된 후 전쟁이 끝나고 그리스 군이 귀환하려고 출항할 때까지의 이야기다. 이 이야기 일부를 극으로 만든 에우리피데스의 작품에는 『헤카베』, 『트로이아 여인들』 등이 있다.

116 "니오베에 관한 이야기"는 탄탈로스의 딸인 "니오베"의 이야기다. 니오베는 테바이의 왕 암피온과 결혼하여 아들과 딸을 7명씩 낳았는데, 아들과 딸을 1명씩만 낳은 여신 레토보다 자식을 더 많이 낳았다고 자랑한다. 그러자 레토가 분개했고, 레토의 아들 아폴론이 니오베의 아들들을, 레토의 딸 아르테미스가 니오베의 딸들을 활로 쏘아 모두 죽인다. 니오베는 슬픔에 빠져 고향인 리비아의 시필로스 산으로 돌아가 밤낮으로 울다가 돌이 되고 말았고, 돌이 된 후에도 눈에서는 눈물이 그치지 않았다고 한다. 이 이야기 일부를 극으로 만든 아이스킬로스의 작품이 무엇인지는 알려져 있지 않다.

117 "아가톤"은 기원전 5세기에 활동한 고대 그리스의 비극시인이다. 비극을 대대적으로 개혁하여 새로운 플롯과 인물을 자유롭게 만들어냈고, 막간 합창도 처음으로 시도했다. 기원전 416년에 레나이아 축제에서 열린 비극 경연대회에서 우승하여 잔치를 벌였는데, 이 잔치가 플라톤이 쓴 『향연』의 무대다.

20 반면에 반전이 들어 있는 단일 플롯[118]을 사용하면 시인이 원하고 기대한 목표를 아주 훌륭하게 달성할 수 있다. 그것이 비극답고 인간답기 때문이다. 그런 효과는 시시포스[119]처럼 영리하지만 악한 자가 속아 넘어가거나, 용감하지만 불의한 자가 패배를 당할 때에 생긴다. 이런 일은 아가톤이 말한 의미에서 개연성을 지닌다. 아가톤은 "개연성 없는 일이 자주 일어날 개연성도 있다"고 말했다. 25

합창대도 배우 중 하나로 여겨야 한다. 합창대는 전체의 일부로서 극에 참여해야 하며, 이 점에서 에우리피데스 방식이 아니라, 소포클레스가 보여준 방식을 따라야 한다.[120] 다른 시인의 작품에서는 합창이 플롯과 상관없이 따로 놀아서 마치 또 다른 비극에 속한 것

---

118 여기에서 말하는 "단일 플롯"은 스토리가 여러 갈래인 플롯과 반대되는 개념으로서 단일한 스토리를 지닌 플롯을 말하며, 반전과 인지를 포함하지 않은 "단순 플롯"과는 개념이 다르다. 통일된 플롯 속에 반전과 인지를 포함하므로, 이것은 "복합 플롯"이다.

119 아리스토텔레스는 영리하지만 악한 자의 예로 "시시포스"를 든다. 시시포스는 코린토스의 왕으로서, 교활한 지혜로 유명했다. 제우스가 시시포스에게 분노하여 죽음의 신인 타나토스를 보내 시시포스를 저승에 데려가게 했지만, 시시포스는 속임수를 써서 타나토스를 토굴에 가두어버린다. 하지만 결국은 타나토스에게 이끌려 저승으로 가게 된다. 시시포스는 이 상황을 예상하고 아내에게 자신의 장례를 절대로 치르지 말라고 당부했다. 저승의 왕 하데스가 장례를 치르지 않는 일을 이상하게 여기자, 시시포스는 아내를 응징하고 돌아오겠다는 말로 하데스를 속이고 지상으로 돌아온다. 그 후에 저승으로 돌아가지 않고 장수를 누린다. 하지만 결국은 죽어서 저승에서 산꼭대기로 무거운 바위를 굴려 올렸다가 아래로 떨어지면 다시 올리는 일을 영원토록 반복하는 벌을 받는다.

120 "에우리피데스"의 비극에서는 합창대의 존재와 합창을 경시하며, 배우들도 합창대와 합창을 무시하는 경향이 있다. 합창대와 배우가 유기적으로 어우러지지 못해 극 전체의 완성도가 높지 않았다. 합창대가 막간에 부르는 노래는 극의 플롯에 녹아들어 하나가 되지 않았고, 플롯과는 따로 놀았다. 이는 소포클레스의 비극과 정반대였다.

처럼 보인다. 합창대가 막간에 노래를 부르게 된 이유가 여기에 있고, 이것을 처음으로 시작한 사람이 아가톤이다. 하지만 막간에 노래를 부르는 것과 어떤 대사나 에피소드 전체를 다른 극에서 가져와서 현재의 극에 끼워 넣는 것이 도대체 무슨 차이가 있단 말인가? 30

제19장

비극의 구성요소: 사상

비극의 다른 구성요소는 앞에서 말했으니, 남은 것은 대사와 사상이 35 다. 사상에 대해서는 수사학에 맡겨두자. 사상은 시학보다는 수사학에 속하기 때문이다.[121]

언어로 만들어내려는 모든 것이 사상을 보여준다. 증명하고 반 1456b 박하고, 감정(연민이나 공포나 분노 등등)을 불러일으키고, 강조하고, 축소하려는 시도가 그것이다. 따라서 행위나 사건으로 연민이나 공포를 불러일으키려 하거나, 중요한 느낌과 개연성을 만들어내고자 한다면, 언어에 적용하는 것과 동일한 원리를 행위나 사건에도 적 5 용해야 한다. 한 가지 차이가 있다면, 행위나 사건은 언어로 설명하

121 아리스토텔레스는 이 책의 제6장에서 "사상은 어느 상황에 내재되어 있거나 어울리는 말을 하는 능력이다"라고 정의하면서 "대중연설과 관련해서 정치학과 수사학이 이러한 일을 한다"고 말했다. 또 『수사학』 제1권 2장에서는 "수사학은 각각의 사안과 관련해서 거기에 내재된 설득력 있는 요소를 찾아내는 능력"이라고 정의한다.

지 않고 그런 효과를 내는 반면에, 언어 사용 시는 등장인물의 대사를 통해 그런 효과를 낸다는 것이다. 언어를 통하지 않고서도 의도한 효과를 낼 수 있다면, 등장인물이 언어로 표현할 필요가 어디 있겠는가?

대사와 관련한 연구 분야 중 하나는 어조 연구로, 이 분야는 연출에 속하기 때문에 그 분야를 다루는 사람들이 해야 할 일이다. 이를테면 명령, 기원, 진술, 위협, 질문, 대답 등을 어떠한 어조로 표현하느냐는 연출에 속한다. 누가 시인이 그런 것을 모른다고 비판한다고 해도, 그러한 비판은 진지하게 받아들일 가치가 없다. 10

호메로스가 "여신이여, 분노를 노래하라"[122]고 한 것에 대하여, 프로타고라스는 어떤 것을 하라거나 하지 말라고 하는 것은 명령이기 때문에 호메로스가 기원을 표현한다고 하면서 실은 명령으로 표현했으니 잘못이라고 비판했지만, 누가 그런 비판을 받아들이겠는가? 어조에 관한 것은 시학과는 다른 분야에 속하므로 여기에서는 그냥 넘어가기로 하자. 15

122 이 구절은 호메로스의 『일리아스』 첫 행에 나온다. "프로타고라스"(기원전 485년경-414년경)는 아테네에서 활동하며 명성을 떨친 고대 그리스의 철학자다. 최초의 소피스트라 불리는 인물로, "인간은 만물의 척도이다"라는 말로 진리의 주관성과 상대성을 주장했다. 소크라테스(기원전 470-399년)와는 동시대인이고, 아리스토텔레스(기원전 384-322년)와는 조금 시간 간격이 있다.

제20장

비극의 구성요소: 대사의 구성 부분

20 대사 전체는 다음과 같은 부분으로 이루어진다. 음소, 음절, 연결어, 명사, 동사, 관사, 굴절, 문장.

음소는 더 작게 나뉠 수 없는 음이다. 하지만 모든 음을 음소라고 하지는 않고, 서로 결합하여 음을 만들어낼 수 있는 음만 가리킨다. 예를 들어, 짐승도 더 작게 나뉠 수 없는 음을 내지만, 그 음은 여기에서 말하는 음소가 아니기 때문이다. 음소에는 모음과 반모음과 25 자음이 있다.

모음은 혀나 입술을 대지 않고도 소리가 나는 음소다. 반모음은 σ(시그마)나 ρ(로)처럼 혀나 입술을 댈 때에만 소리가 나는 음소다. 자음은 γ(감마)나 δ(델타)처럼 혀나 입술을 대도 그 자체로는 소리를 30 낼 수 없고 모음과 결합되어야만 소리가 나는 음소다.

또 음소는 발음할 때 입 모양, 입 안에서 발음되는 위치, 유기음이냐 무기음이냐,[123] 장음이냐 단음이냐,[124] 고음이냐 저음이냐 중간음이냐[125]에 따라 구별된다. 하지만 이런 사항은 음운학에서 자세하게 연구할 일이다.

음절은 자음과 모음이 결합하여 내는, 아무 의미가 없는 음이다. 따라서 γρ는 모음인 α(알파) 없이 γ와 ρ만 결합되었으니 음절이 아니지만, 거기에 α를 더한 γρα는 음절이다. 하지만 이런 차이도 음운학에서 연구하는 일이다. 35

연결어는 μέν(멘), δή(데), τοί(토이), δέ(데)처럼 문장의 처음에 오지는 않고 문장의 끝이나 중간에 와서, 여러 음이 결합하여 하나의 유의미한 음을 만드는 것을 방해하지도 않고 관여하지도 않으면서 의미가 없는 음 또는 ἀμφί(암피), περί(페리) 등처럼 유의미한 음 여럿을 결합하여 유의미한 음 하나를 만들지만 의미가 없는 음이다.[126] 1457a 5

관사는 문장의 처음이나 끝이나 구분을 나타내며 의미가 없는

123 숨소리, 즉 목청 마찰음이 있는 음이 "유기음", 없는 음이 "무기음"이다. 그리스어에서는 유기음은 ʽ로, 무기음은 ʼ로 표기한다. 모음이나 이중모음이 단어의 맨 앞에 왔을 때는 반드시 유기음인지 무기음인지를 표시해야 하고, ρ(로)가 단어의 맨 앞에 왔을 때도 기음 표시를 해주어야 한다. 자음 중에서 유기음은 θ(세타), φ(파이), χ(크사이)다.

124 장음과 단음은 모음의 길이에 따른 구별이다. η(에타)와 ω(오메가)는 장음이고, ε(엡실론)과 ο(오미크론)은 단음이고, 나머지 모음은 장음도 될 수 있고 단음도 될 수 있다.

125 이것은 모음에 붙은 강세에 따른 구별이다. 고음은 ˊ로, 저음은 ˋ로, 중간음은 ˆ로 표시한다.

126 연결어 중에서 전자는 후치불변화사, 계사 역할을 하는 접속사와 불변화사를 가리키고, 후자는 전치사를 가리킨다.

음으로, 문장의 양쪽 끝이나 중간에 온다.[127]

10 명사[128]는 시제 개념이 없는 유의미한 복합음이고, 명사를 구성하는 부분은 그 자체로는 의미가 없다. 복합명사를 구성하는 각 부분은 독자적인 의미가 없는 것으로 여긴다. 예컨대, Θεόδωρος(테오도로스, "신이 준")라는 복합 명사에서 "도로스"는 독자적인 의미가 없다.[129]

15 동사는 시제 개념이 있는 유의미한 복합어이고, 동사를 구성하는 부분도 명사와 마찬가지로 자체로는 의미가 없다. "사람"이나 "백"(白) 같은 명사는 시제를 나타내지 않지만, "걷는다"나 "걸었다" 같은 동사는 행위를 나타낼 뿐 아니라, 전자는 현재 시제를, 후자는 과거 시제를 나타낸다.

굴절[130]은 명사나 동사와 함께 쓰여서 "~의"나 "~에게" 등과 같

20 은 것을 나타내거나, "사람들" 또는 "사람"과 같이 단수와 복수를 나

127 관계대명사, 관계부사, 조건 또는 원인의 접속사는 문장의 처음을 나타내고, 목적이나 추론의 접속사는 문장의 끝을 나타내며, 이접접속사는 문장을 구분한다. 그리스어에서 이러한 용도로 쓰이는 단어는 관사와 형태가 동일하거나 관사를 변형시킨 형태이기 때문에 "관사"로 지칭한 것으로 보인다.

128 여기에서 말하는 "명사"는 명사뿐 아니라 대명사와 형용사도 포함한다.

129 이것은 Θεόδωρος(테오도로스, "신이 준")라는 예에서 "테오"에는 "신", "도로스"에는 "준"이라는 의미가 있음을 부정하는 말이 아니다. 뒤에서 "문장은 그 구성 부분 중 일부나마 독자적으로 의미가 있는, 유의미한 복합음이다"라는 정의와 비교해보면, 이 말의 의미가 드러난다. 즉, 명사와 문장은 모두 유의미한 복합음이지만, 문장론이라는 관점에서 보면, 명사의 구성 부분은 독자적인 의미가 없고, 문장은 구성 부분 중 일부나마 독자적인 의미가 있기에 서로 구별된다는 뜻이다. 만약 복합명사의 구성 부분에 독자적인 의미가 있다면, 복합명사가 아니라 문장이 될 것이다.

130 여기에서 말하는 "굴절"에는 명사의 곡용과 동사의 굴절이 다 포함된다.

타내거나, 의문이나 명령 같은 어법을 나타내는 음이다. "걸었는가"와 "걸으라"는 각각 "걷다"라는 동사의 의문과 명령이다.

문장은 구성 부분 중 일부나마 독자적으로 의미가 있는, 유의미한 복합음이다. 모든 문장이 동사와 명사로 구성되지는 않는다. 인간을 정의하는 문장처럼 동사가 없는 문장도 가능하다.[131] 하지만 문장은 언제나 유의미한 부분으로 구성된다. "클레온이 걸어간다"라는 문장에서는 "클레온"이 유의미한 부분이다.[132] 25

문장에 통일성을 부여하는 방법은 두 가지다. 하나는 한 가지 대상을 묘사하는 것이고, 다른 하나는 연결어를 사용해 문장을 서로 결합하는 것이다. 『일리아스』는 연결어를 사용해 문장을 서로 결합한 예를 보여주고, 인간을 정의하는 문장은 한 가지 대상을 묘사한 예를 보여준다. 30

131 "인간을 정의하는 문장"은 이를테면 "인간은 만물의 영장이다"라고 말하는 문장이다. 그리스어는 이러한 문장에서 동사 "~이다"를 생략하는 것이 기본이다. 그러한 경우에는 문장이 명사로만 구성되지만, 그 구성 부분인 명사에 독자적으로 의미가 있다는 점에서 명사가 아니라 문장으로 분류된다.

132 원문에서는 "클레온"만 유의미한 부분으로 언급하지만, "걸어간다"도 문장을 구성하는 유의미한 부분이다.

제21장

비극의 구성요소: 명사의 종류

명사에는 단순명사와 복합명사가 있다. "단순명사"는 γῆ(게, "대지, 땅")처럼 의미가 없는 부분으로만 구성된 명사이고, "복합명사"는 의미가 있는 부분과 없는 부분[133]으로 구성되거나(일단 결합하여 복합명사가 되면 이 구분은 사라진다), 의미가 있는 부분으로만 구성된다. 서너 부분이나 그보다 많은 부분으로 구성된 복합명사도 있다. 맛살리아인이 사용하는 단어 중에 그러한 복합명사가 많은데, 예를 들면 Ἑρμοκαϊκόξανθος(헤르모카이코크산토스)라는 명사가 있다.[134]

35

133 앞에서 아리스토텔레스는 연결어와 관사를 의미가 없는 음으로 분류했고, 명사와 동사를 의미가 있는 음으로 분류했다. 연결어와 관사는 여러 가지 불변화사, 접속사, 전치사를 포함한다.

134 "맛살리아"는 프랑스 마르세유 지방을 가리킨다. "헤르모카이코크산토스"는 소아시아에 있는 세 강(헤르모스 강, 카이코스 강, 크산토스 강)을 합친 복합명사이지만, 그 의미는 알려져 있지 않다.

모든 명사는 일상어, 방언, 은유, 장식어, 신조어, 늘임말, 줄임말, 변형어 중 하나에 속한다. 1457b

일상어는 사람 사이에서 일반적으로 쓰이는 단어이고, 방언은 다른 지역에서 쓰이는 단어이다. 따라서 동일한 단어가 어느 사람에게는 방언이지만 다른 사람에게는 일상어일 수 있다. σίγυνον(시귀논, "창")을 키프로스인은 일상어로 쓰지만, 이 단어가 우리에게는 방언이기 때문이다. 5

은유는 유에 속한 것을 종에, 또는 종에 속한 것을 유에, 또는 종에 속한 것을 종에, 또는 유비를 통해서 다른 대상에 속한 것을 가져와서 어느 대상에 대하여 사용하는 것을 가리킨다.[135] 유에 속한 것을 종에 사용한 예는 "내 배가 여기에 서 있다"고 말하는 것이다. 10 "정박해 있다"는 "서 있다"의 한 종류이기 때문이다.[136] 종에 속한 것을 유에 사용한 예는 "오디세우스는 만 가지 선행을 행했다"고 말하는 것이다. "만 가지"는 많다는 의미를 지닌 한 종인데, 여기에서 "많은" 대신 쓰이기 때문이다.[137] 종에 속한 것을 종에 사용한 예는 "청

135 어떤 개념의 외연이 다른 개념의 외연보다 큰 경우에, 전자를 "유"라고 하고, 후자를 "종"이라고 하는데, 이것은 상대적인 개념이다. 예컨대, 생물과 식물을 비교할 때에는 생물이 유이고, 식물이 종이지만, 식물과 해바라기를 비교할 때에는 식물이 유이고, 해바라기가 종이다. "유비"는 서로 다른 사물 간에 대응해서 존재하는 유사성 또는 동일성을 가리킨다.

136 『오디세이아』 제1권 185행에 나온다. "정박해 있다"는 종개념 대신에 "서 있다"는 유개념을 사용했다는 뜻이다.

137 『일리아스』 제2권 272행에 나온다. "만 가지"는 종개념이고, "많은"은 유개념이다. 그런데 "많은" 선행이라고 말하지 않고, "만 가지" 선행이라고 말했기 때문에, 여기에서는 종개념을 유개념 대신 사용했다.

동검으로 목숨을 퍼올리다"라고 하거나, "청동 바가지로 물을 베다"
15 라고 말하는 것이다. 여기에서 "퍼올리다"를 "베다" 대신 사용하고, "베다"를 "퍼올리다" 대신 사용하는데, "퍼올리다"와 "베다" 둘 다 "제거하다"의 종류이기 때문이다.[138]

첫째와 둘째의 관계가 셋째와 넷째의 관계와 유사한 경우에 유비라고 말한다. 그런 경우에는 둘째 대신 넷째를 사용하거나, 넷째 대신 둘째를 사용할 수 있다. 이렇게 유비를 사용한 은유에서는 종
20 종 원래의 것과 관련된 단어를 은유에 더하기도 한다. 예컨대, 디오니소스와 잔의 관계는 아레스와 방패의 관계와 유사하기 때문에, 잔을 "디오니소스의 방패"라고 부르거나, 방패를 "아레스의 잔"이라고 부를 수도 있다.[139] 인생과 노년의 관계 역시 하루와 저녁의 관계와 유사하다. 따라서 저녁을 "하루의 노년"이라고 부를 수 있고, 노년을 "인생의 저녁"이라고 부르거나 엠페도클레스처럼 "인생의 일몰"이
25 라고 할 수도 있다.[140]

둘 사이에 유비 관계가 존재하는데도 그중 한쪽을 가리키는 용

138 이 두 구절은 엠페도클레스의 단편에 나온다. 전자는 청동검으로 짐승을 죽인다는 뜻이고, 후자는 청동 그릇에 물을 담는다는 뜻이다. 전자는 "청동검으로 목숨을 베다"라고, 후자는 "청동 바가지로 물을 퍼올리다"라고 하는 표현이 통상적인데, 여기에서는 서로 바꾸어 사용했다. 하지만 "퍼올리다"와 "베다" 둘 다 "제거하다"의 종개념이기 때문에, 이것은 종에 속한 것을 종에 사용한 예가 된다.

139 디오니소스는 술의 신이고, 아레스는 전쟁의 신이다. "유비를 사용한 은유에서 원래의 것과 관련된 단어를 은유에 더한" 예는 "디오니소스의 술 없는 방패"라고 하거나, "아레스의 결코 뚫리지 않는 잔"이라고 하는 것이다.

140 "엠페도클레스"는 기원전 5세기에 활동한 고대 그리스의 철학자이다. 4원소(물, 공기, 불, 흙)의 사랑과 다툼 속에서 만물이 생겨났다고 주장한 것으로 유명하다. "인생의 일몰"이라는 표현의 출처는 알려져 있지 않다.

어가 없을 때도 종종 있지만, 그런 경우에도 앞에서 말한 것과 비슷한 방법으로 은유를 표현할 수 있다. 씨 뿌리는 것을 "파종한다"고 부른다. 그러나 해가 햇살을 뿌리는 것을 칭하는 표현은 없다. 하지만 해와 그 명칭 없는 행위의 관계는 씨와 파종의 관계와 유사하다. 따라서 "신이 만든 햇살을 뿌린다"라고 말할 수 있다. 30

또 다른 방식으로 그런 종류의 은유를 만들어낼 수도 있다. 다른 사물에 속한 명칭을 가져와서 어떤 사물에 사용하면서도, 그 명칭에 고유한 속성 중 하나를 부정하는 것이다. 이를테면 방패를 "아레스의 잔"이라고 말하지 않고, "아레스의 술 없는 잔"이라고 말하는 것이다.[141]

신조어는 아무도 사용한 적이 없는 단어를 작가가 만든 경우 35 다. 실제로 그런 단어가 작품에 일부 나온다. 예를 들면 "뿔들"을 나타내는 ἔρνυγας(에르뉘가스, "어린 가지들")나 여사제를 나타내는 ἀρητῆρα(아레테라, "기도하는 사람")가 있다.[142]

다음으로는 늘임말과 줄임말이 있다. 원래 모음보다 더 긴 모음 1458a 을 사용하거나 음절을 추가하면 늘임말이 되고, 원래의 단어에서 일부를 제거하면 줄임말이 된다. 늘임말의 예는 πόλεως(폴레오스, "도시의") 대신 πόληος(폴레오스)라고 하거나, Πηλείδου(펠레이두, "펠레우스의") 대신 Πηληιάδεω(펠레이아데오) 하는 것이 있다. 줄임말의 예는 κρῖ(크리, "보리"), δῶ(도, "집"), μία γίνεται ἀμφοτέρων ὄψ(미아 기네타이 5 암포테론 옵스, "두 눈이 하나의 봄이 된다")에 나오는 ὄψ(옵스, "봄")가 있

141 이 문장 뒤에 "장식어"에 대한 설명이 있었던 듯하지만, 지금은 전해지지 않는다.

142 두 단어는 모두 『일리아스』 제1권 11행에 나온다.

다.[143]

변형어는 기존의 단어 중에서 일부는 그대로 두고 일부는 바꾼 것이다. 예컨대, δεξιτερὸν κατὰ μαζόν(덱시테론 카타 마존, "오른쪽 가슴으로")에서 δεξιτερὸν(오른쪽의)은 기존의 δεξιόν(덱시온, "오른쪽의")을 변형한 것이다.[144]

명사는 남성이거나 여성이거나 중성이다. ν(뉘)와 ρ(로)로 끝나거나, σ(시그마)가 들어 있는 이중자음 ψ(프사이)와 ξ(크사이)으로 끝나는 것은 남성이다. 언제나 장모음인 η(에타)와 ω(오메가), 장모음이 될 수 있는 모음[145] 중에서 α(알파)로 끝나는 것은 여성이다. 따라서 단어 끝에 와서 남성이나 여성을 나타내는 문자의 개수는 동일하다. "프사이"와 "크사이"는 이중자음이기 때문이다. 폐쇄자음이나 단모음으로 끝나는 명사는 없다. ι(이오타)로 끝나는 명사는 μέλι(멜리, "꿀"), κόμμι(콤미, "고무"), πέπερι(페페리, "고추"), 이렇게 세 개뿐이고, υ(입실론)으로 끝나는 명사는 다섯 개다. 중성명사는 이 세 모음(α, ι, υ)과 ν(뉘), σ(시그마)로 끝난다.

143 κρῖ(크리)는 κριθή(크리테)의 줄임말이고, δῶ(도)는 δῶμα(도마)의 줄임말이며, ὄψ(옵스)는 ὄψις(옵시스)의 줄임말이다.

144 『일리아스』 제5권 393행에 나온다.

145 장모음은 아니지만, 장모음도 될 수 있는 모음은 α(알파), ι(이오타), υ(입실론)이다. 이 세 모음은 장모음도 될 수 있고 단모음도 될 수 있다.

제22장

대사가 갖추어야 할 특징: 명료성과 신선함

훌륭한 대사는 명료하면서 저속하지 않다. 일상어를 사용한 대사는 가장 명료하지만 저속하다. 클레오폰과 스텔넬로스의 작품이 그렇다.[146] 반면에 색다른 말을 사용한 대사는 평범함을 벗어나 신선하고 장엄하다. "색다른 말"은 방언이나 은유나 늘임말을 비롯하여 일상어가 아닌 모든 말이다. 하지만 온통 색다른 말로만 대사를 채우면 수수께끼나 외국어가 되고 말 것이다.[147] 대사가 은유로만 구성되면 수수께끼가 될 것이고, 방언으로만 구성되면 외국어가 될 것이다.

20

25

146 아리스토텔레스는 이 책 2장에서 "클레오폰"이 우리와 대등한 사람들을 소재로 해서 서사시를 썼다고 말한다. 따라서 클레오폰은 일상어를 사용했을 것이다. "스텔넬로스"는 기원전 5세기에 활동한 비극시인인데, 고대 그리스 최고의 희극시인이던 아리스토파네스(기원전 445년경-385년경)는 스텔넬로스의 문체를 조롱하고 비웃었다고 한다.

147 여기에서 "수수께끼"는 알쏭달쏭해서 의미를 알 수 없는 말이고, "외국어"는 문자 그대로 타국어가 아니라 알아들을 수 없는 말을 뜻한다.

수수께끼의 본질은 일반적으로는 서로 결합할 수 없는 말을 결합하여 어떤 것을 나타내는 데 있다. 그런 결합은 실제로는 불가능하지만, 은유를 사용하면 가능하다. 예를 들어, "나는 어떤 사람이 30 불을 사용해서 타인의 몸에 청동을 붙이는 것을 보았다"[148]고 하거나, 그것과 비슷하게 말하는 것이다.

대사를 방언으로만 채우면 외국어가 되고 말기 때문에, 여러 종류를 섞어서 사용해야 한다. 방언, 은유, 장식어를 비롯하여 앞에서 언급한 색다른 말은 대사 사용 시 평범하거나 저속하지 않게 하고, 일상어는 대사를 명료하게 하기 때문이다.

1458b 늘임말, 줄임말, 변형어도 대사를 명료하게 하고 평범하지 않게 하는 데 크게 기여한다. 이런 말은 한편으로는 일상어와 다르고 관용어법과는 차이가 있기 때문에 대사를 평범하지 않게 해주며, 다른 5 한편으로는 관용어법과 공통점도 있기 때문에 대상에 명료성을 부여한다.

따라서 이런 말을 사용했다고 해서 시인을 비난하고 조롱해서는 안 된다. 예컨대 옛적에 에우클레이데스[149]는 시인들이 자기네가 원하는 대로 단어를 늘이기만 하면 시가 된다고 하는 것을 보면

148 이 수수께끼 같은 말은 의사가 환자의 나쁜 피나 고름을 뽑아내기 위해서 청동으로 만든 단지에 불을 넣어서 환부에 붙이는 것을 은유적으로 표현한 것이다. 여기에서 "불을 사용하는 것"과 "사람의 몸에 청동을 붙이는 것"은 문자 그대로는 불가능하지만, 은유적인 표현이기 때문에 가능하다.

149 "에우클레이데스"는 기원전 5세기 중반부터 4세기 초까지 활동한 고대 그리스 철학자이자 소크라테스의 제자이며 메가라 학파의 창시자로 불린 인물이거나, 기원전 403년에 아테네의 집정관을 지내며 이오니아 문자를 아테네의 공인 문자로 채택한 인물 중 하나일 것이다.

시 쓰기는 아주 쉬운 일이라고 비꼬아 말하고서는, 직접 그런 식으로 다음과 같은 풍자시를 써서 시인들의 그러한 행태를 조롱했다. Ἐπιχάρην εἶδον Μαραθῶνάδε βαδίζοντα(에피카렌 에이돈 마라토나데 바디존타, "나는 에피카레스가 마라톤을 향해 걸어가는 것을 보았다"), οὐκ ἐγκεράμενος τὸν ἐκείνου ἐλλέβορον(우크 엥케라메노스 톤 에케이누 엘레보론, "그 사람의 헬레보어를 섞지 않았다"). 10

물론 늘임말이나 줄임말을 지나치게 사용하면 우스꽝스러울 것이다. 하지만 그런 말뿐 아니라 시어로 사용하는 모든 말은 적절하게 사용해야 한다. 은유나 방언이나 그 밖의 다른 말도 의도적으로 웃기려고 부적절하게 사용한다면 같은 결과를 낳기 때문이다. 하지만 서사시에서 그런 말을 적절하게 사용하면 얼마나 달라지는지는 그런 말을 사용한 시행 대신 일상어를 사용한 시행을 넣어보면 금방 드러난다. 또 방언이나 은유나 그 밖의 말을 일상어로 바꾸어 보아도, 이 말이 진실임이 밝혀진다. 15

예컨대, 아이스킬로스와 에우리피데스[150] 둘 다 똑같이 단장격 시행을 썼지만, 아이스킬로스는 평범하게 쓴 반면에, 에우리피데스는 단어 하나를 일상어에서 방언으로 바꾸어주는 것으로 시행을 아름답게 만들었다. 아이스킬로스는 『필록테테스』[151]에서 φαγέδαιναν ἥ 20

150 "아이스킬로스"(기원전 525년경-456년)와 "에우리피데스"(기원전 484년경-406년경)는 소포클레스와 함께 고대 그리스의 3대 비극시인으로 불린다. 아이스킬로스는 인간과 신의 정의가 일치한다는 내용을 극화한 반면에, 에우리피데스는 신들을 한층 더 인간적인 면에서 묘사하고, 사랑의 정열을 극화함으로써 비극을 보편화하고 세속화해서 3대 비극시인 중 가장 근대적인 정신의 소유자로 평가받는다.

151 "필록테테스"는 그리스 신화에서 멜리보이아의 왕이다. 소년 시절 헤라클레스가 히드라의 독이 퍼져 고통받을 때 죽을 수 있도록 도와준 대가로 헤라클레스의 활과

μου σάρκας ἐσθίει ποδός(파게다이난 헤 무 사르카스 에스티에이 포도스, "내 발의 살을 먹는 종기")라고 썼지만, 에우리피데스는 ἐσθίει(에스티에이, "먹는")를 θοινᾶται(토이나타이, "잔치를 벌이는")으로 바꾸었기 때문이다.

25 또 νῦν δέ μ᾽ ἐὼν ὀλίγος τε καὶ οὐτιδανὸς καὶ ἀεικής(뉜 데 메온 올리고스 테 카이 우티다노스 카이 아케이케스, "지금 조그맣고 쓸모없고 볼품없는 나")[152]를 누군가가 일상어를 사용해서 νῦν δέ μ᾽ ἐὼν μικρός τε καὶ ἀσθενικὸς καὶ ἀειδής(뉜 데 메온 미크로스 테 카이 아스테니코스 카이 아세이데스, "지금 작고 약하고 못생긴 나")로 바꿔놓았다면 어떻겠는가.

δίφρον ἀεικέλιον καταθεὶς ὀλίγην τε τράπεζαν(디프론 아에이켈리온 카타테이스 올리겐 테 트라페잔, "볼품없는 의자와 조그만 탁자를 갖다놓
30 고서")[153]을 δίφρον μοχθηρὸν καταθεὶς μικράν τε τράπεζαν(디프론 모크테론 카타테이스 미크란 테 트라페잔, "낡은 의자와 작은 탁자를 갖다놓고서")으로 바꾸거나, ἠιόνες βοόωσιν(에이오네스 보오오신, "해변이 아우성친다")[154]을 ἠιόνες κράζουσιν(에이오네스 크라주신, "해변이 큰 소리를 낸다")로 바꾸어보라.

화살을 받는다. 그리스 연합군의 일원으로 트로이아 원정에 참가했지만, 뱀에 물린 상처에서 나는 악취 때문에 도중에 렘노스 섬에 버려진다. 아킬레우스가 헤라클레스의 활과 화살이 있어야만 트로이아를 함락할 수 있다는 예언을 듣고 필록테테스를 데려온다. 필록테테스는 헤라클레스의 활로 트로이아의 왕자 파리스를 쏘아 죽여서 트로이아 함락에 큰 공을 세운다. 고대 그리스의 3대 비극시인은 모두 필록테테스에 관한 비극을 썼다.

152 『오디세이아』 제9권 515행에 나온다.

153 『오디세이아』 제20권 259행에 나온다.

154 『일리아스』 제17권 265행에 나온다.

그런데도 아리프라데스[155]는 비극시인들이 일상적인 대화에서 아무도 사용하지 않는 말을 사용한다고 비웃으면서, 예컨대 ἀπὸ δωμάτων(아포 도마톤, "집으로부터")이라고 해야 할 표현을 δωμάτων ἄπο(도마톤 아포)라고 하거나,[156] σέθεν(세텐, "당신의"), ἐγὼ δέ νιν(에고 데 닌, "그런데 나는 그를") 같은 말을 사용하며,[157] περὶ Ἀχιλλέως(페리 아킬레오스, "아킬레우스에 대해")라고 해야 할 표현을 Ἀχιλλέως πέρι(아킬레오스 페리)라고 하는 것[158] 등을 지적했다. 이 모든 말은 일상어가 아니므로 대사를 평범하지 않게 해준다. 하지만 아리프라데스는 그런 사실을 알지 못했다. 1459a

앞에서 말한 여러 말, 즉 복합어, 방언 등을 하나하나 적절하게 사용하는 것이 중요하기는 하지만, 은유를 잘 사용할 줄 아는 것이 훨씬 더 중요하다. 이것만은 다른 사람이 가르쳐줄 수 없으며 천재의 징표다. 은유를 잘 사용한다는 것은 유사성을 찾아내는 능력이 탁월하다는 것이기 때문이다. 5

앞에서 말한 여러 말 중에서 복합어는 디티람보스에 가장 적합하고, 방언은 영웅시에 적합하며, 은유는 단장격 시[159]에 적합하다. 10

155 "아리프라데스"에 대해서는 알려져 있는 것이 없다.

156 전자는 일상어이고, 후자는 전치사를 명사 뒤에 놓은 표현으로 일상에서는 쓰이지 않는다.

157 이 뜻으로 사용하는 일상어는 σοῦ(수)다.

158 앞에 나온 δωμάτων ἄπο(도마톤 아포)와 마찬가지로, 전치사를 명사 뒤에 놓은 예다.

159 "디티람보스"는 고대 그리스에서 술의 신 디오니소스를 찬양하는 합창이었다. 주로 신화에 운율을 붙여 서사적으로 노래한다. "단장격"은 대화에서 주로 사용하는 운율이었고, "단장격 시"는 비극을 말한다.

영웅시에서는 앞에서 언급한 모든 말을 사용할 수 있지만, 단장격 시는 대화체를 최대한 모방하려고 하기에 일상어나 은유나 장식어처럼 일상적인 대화에서도 적절하게 사용된다.

15 비극과 무대 위에서의 모방에 관해서는 지금까지 말한 것으로 충분할 것이므로 이 정도로 해두자.

제23장

서사시

운율을 사용해서 이야기를 들려주는 서사시도 비극과 마찬가지로 플롯을 극적으로 구성해야 한다. 즉, 서사시의 플롯은 처음과 중간과 끝이 있어야 하고, 전체적으로 통일되고 완결되어야 한다. 그렇게 해야 생명체처럼 전체가 유기적으로 통일되어 서사시 고유의 즐거움을 만들어낼 수 있다. 20

서사시의 플롯은 역사 서술과 동일하지 않다. 역사는 단일 사건이 아니라, 한 시기와 그 시기에 한 사람 혹은 그보다 많은 사람에게 일어난 모든 사건을 보여주어야 하며, 각 사건은 보통 서로 연관성이 없다. 살라미스 해전은 시켈리아에서 일어난 카르타고인과의 전투와 동시에 발발했지만[160] 그 결과는 동일하지 않았고, 동일한 사건 25

160 "살라미스 해전"은 그리스와 페르시아 사이에 발발한 3차 페르시아 전쟁 중에, 기원전 480년 9월 23일에 아테네 함대를 주력으로 한 그리스 연합해군이 살라미스 해

이 시기를 달리해서 일어났을 때도 종종 결과는 같지 않기 때문이
30 다. 그런데도 많은 시인이 거의 그런 식으로 서사시를 쓴다.

앞에서 말했듯이, 호메로스는 이 점에서도 다른 시인보다 뛰어났던 것으로 보인다. 트로이아 전쟁은 시작과 끝이 있었던 전쟁이었는데도, 호메로스는 전쟁 전체를 다루려고 하지 않았다. 분량이 너무 방대해서 한눈에 쉽게 파악할 수 없고, 설령 분량을 적당하게 줄
35 인다고 해도 많은 사건이 얽히고설켜 그 결과는 비슷할 것이기 때문이다. 그래서 호메로스는 한 부분만 선택해서 다루고, 함선 목록을 비롯한 나머지 많은 일은 시에 다양성을 부여하는 에피소드로 사용했다.

1459b 반면에 다른 시인들은 한 사람이나 한 시기 또는 한 사건이기는 하지만 많은 일이 들어 있는 것을 다룬다. 그러한 예로는 『키프리아』를 쓴 시인이나 『작은 일리아스』를 쓴 시인이 있다.[161] 따라서 『일리아스』나 『오디세이아』에서는 비극을 각각 한 편, 아니면 많아야 두 편을 만들어낼 수 있지만, 『키프리아』에서는 비극을 다수 만

협에서 페르시아 대군을 격파한 전투이다. 헤로도토스가 쓴 『역사』에 따르면, 그날에 카르타고가 시켈리아를 침공해왔다가 시켈리아와 시라쿠사의 참주 겔라에게 격퇴당했다.

161 『키프리아』와 『작은 일리아스』는 "서사시권"에 속하는 서사시이다. "서사시권"(그리스어 Επικός Κύκλος, 에피코스 퀴클로스, 영어 Epic Cycle)은 고대 그리스의 트로이아 전쟁을 소재로 한 일련의 서사시 모음을 지칭한다. 스타시노스가 쓴 『키프리아』는 트로이아의 왕자 파리스에 대한 재판에서 시작해서 트로이아 전쟁 초기 9년간의 대립상황을 다룬 서사시이다. 라스케스가 쓴 『작은 일리아스』는 트로이아 목마를 비롯해서 아킬레스가 죽은 이후에 일어난 일련의 사건을 다룬 서사시이다.

들어낼 수 있고,[162] 『작은 일리아스』에서는 최대로 다음과 같이 비극 여덟 편을 만들어낼 수 있다. 『무구 재판』, 『필록테테스』, 『네옵톨레모스』,[163] 『에우리필로스』, 『거지 오디세우스』, 『라케다이몬의 여자들』,[164] 『일리오스의 함락』, 『출항』,[165] 『시논』, 『트로이아의 여자들』.[166]

5

162 서사시 『키프리아』에서 나온 비극으로는 『파리스의 재판』, 『헬레네의 납치』, 『그리스 군의 집결』, 『스키로스의 아킬레우스』, 『텔레포스』, 『아킬레우스와 아가멤논의 언쟁』, 『아울리스의 이피게네이아』 등이 있다.

163 『무구 재판』은 아이스킬로스의 『아이아스』 3부작 가운데 첫째 작품으로, 아킬레우스가 죽은 후에 아이아스와 오디세우스가 아킬레우스의 갑옷과 무기를 서로 차지하려고 다툰 사건을 다룬다. 『필록테테스』는 소포클레스의 『트로이아의 필록테테스』를 가리키는 것으로 보인다. "필록테테스"에 관해서는 각주151을 참고하라. 『네옵톨레모스』는 작자 미상이지만, 오디세우스가 예언을 따라 스키로스 섬에 있던 아킬레우스의 아들 네옵톨레모스를 트로이아로 데려와서 죽은 아버지의 갑옷과 무기를 돌려준 이야기를 다룬 작품인 듯하다.

164 『에우리필로스』는 작자 미상이지만, 헤라클레스의 아들인 텔레포스가 낳은 에우리필로스가 트로이아를 돕기 위해 참전했다가 아킬레우스의 아들 네옵톨레모스에게 죽은 이야기를 다룬 작품으로 보인다. 『거지 오디세우스』 역시 작자 미상이지만, 오디세우스가 거지로 변장해서 트로이아 성에 잠입하여 정탐한 이야기를 다룬 작품으로 보인다. 소포클레스의 작품으로 추정되는 『라케다이몬의 여자들』은 오디세우스와 디오메데스가 트로이아 성에 잠입해서 헬레네와 시녀인 라케다이몬 여자들의 도움으로 아테나 여신상을 훔치는 데 성공한 이야기를 다룬 듯하다.

165 이오폰이 쓴 『일리오스의 함락』은 트로이아 성의 함락 과정을 다룬 듯하다. 『출항』이라는 제목의 비극은 지금까지 알려진 바가 없지만, 그리스 군이 트로이아를 함락한 후에 프리아모스왕과 그의 딸 폴릭세네를 아킬레우스의 무덤으로 데려가 제물로 바치고 출항하는 이야기를 다룬 작품으로 보인다.

166 『시논』은 소포클레스의 작품인 듯하며, 그리스 군의 첩자 "시논"이 트로이아 목마를 트로이아 성안으로 들여오려고 일부러 트로이아 군의 포로가 되고 결국 그 일에 성공한 이야기를 다룬 것으로 보인다. 에우리피데스의 『트로이아의 여자들』은 포로가 된 트로이아의 여자들의 비참한 운명을 다루었다.

제24장

서사시와 비극

서사시도 비극과 종류가 동일해서, 단순 서사시, 복합 서사시, 성격 서사시, 수난 서사시가 있다. 서사시의 구성요소도 노래와 시각적 요소를 제외하면 비극의 구성요소와 동일하다. 서사시에도 반전과 인지와 수난이 있어야 하기 때문이다. 또 사상과 시어[167]도 훌륭해야 한다.

이 모든 구성요소를 최초로 적절하게 사용한 사람은 호메로스다. 호메로스의 두 서사시는 서로 종류가 다르다. 『일리아스』는 단순하면서 수난 위주이고, 『오디세이아』는 복합적이면서(이 작품에서는 인지가 계속해서 일어난다) 성격 위주이다. 호메로스는 시어와 사상

167 앞에서 비극에서 쓰이는 언어는 "대사"로, 여기에서 서사시에서 쓰이는 언어는 "시어"로 번역했다. 둘 다 그리스어로는 "말하다"(λέγω, 레고)에서 파생한 명사인 λέξις(렉시스)로, 렉시스는 "구체적으로 사용된 말이나 언어"를 가리킨다.

에서도 다른 모든 시인을 능가한다.

하지만 서사시는 플롯의 길이와 운율이 비극과는 다르다. 어느 정도가 적절한 길이인지는 앞에서 이미 말했다. 즉, 한 작품의 시작과 끝을 한눈에 파악할 수 있을 정도가 적절하다. 따라서 옛 서사시보다는 짧고, 한 번 공연할 때 무대에 올리는 일련의 비극 전체와 맞먹는 길이라면 될 것이다.[168]

서사시는 길이를 늘이는 면에서 이점이 있다. 비극에서는 동시에 진행되는 여러 사건을 다룰 수 없고, 오직 무대에서 배우가 연기하는 사건과 부분만 다룰 수 있는 반면에, 서사시는 공연을 위한 것이 아니라 오직 이야기만 들려주는 것이어서 동시에 진행되는 여러 사건과 부분을 다룰 수 있기 때문이다. 그리고 그렇게 다루는 내용이 적절하기만 하다면, 작품의 길이는 늘어난다. 또 작품에 장엄함이 더해지고, 에피소드가 다양하게 전개됨에 따라 듣는 사람이 경험을 다양하게 할 수 있게 해준다는 장점이 있다. 반면에 비극은 단조로워서 사람들이 쉽게 질리기 때문에 공연에 실패할 수도 있다.

운율과 관련해서 서사시에는 영웅시 운율[169]이 어울린다는 것

168 디오니소스 축제 때는 시인 세 사람이 공연했는데, 각 사람이 비극 3부작과 사티로스 극 1편을 하루에 공연했으며, 공연은 사흘 동안 계속되었다. 여기에서 "한 번 공연할 때 무대에 올리는 일련의 비극 전체"를 세 시인이 공연할 수 있는 비극을 가리키는 것으로 본다면 대략 15,000행 정도 길이이고, 하루에 공연하는 비극 전체를 가리키는 것으로 본다면 5,000행 정도 길이이다. 호메로스의 『일리아스』는 15,693행, 『오디세이아』는 12,110행이다. "옛 서사시"가 『일리아스』와 『오디세이아』를 가리킨다고 보는 것이 합리적이기 때문에, 아리스토텔레스는 5,000행 정도를 서사시에 적당한 길이로 본 것 같다.

169 "영웅시 운율"은 장단단격의 6보격 운율이다.

이 시행착오를 통해 입증되었다. 따라서 누군가가 영웅시 운율과 다른, 하나나 여러 운율로 서사시를 지으려고 한다면, 적절치 않다는 사실이 드러나게 될 것이다.

35 영웅시 운율은 여러 운율 중에서 가장 위풍당당하고 장중하다. (그래서 서사시는 방언이나 은유를 아주 잘 소화하고, 이 점에서 다른 모든 시보다 탁월하다.) 단장격 운율과 장단격 운율은 역동적이어서, 단장격 운율은 행위 표현과, 장단격 운율은 무용과 어울린다.

1460a 서사시를 쓸 때 카이레몬[170]처럼 서로 다른 여러 운율을 혼합해서 사용한다면, 한층 더 어색하고 이상해질 것이다. 그래서 영웅시 운율 외에 다른 운율을 사용해서 플롯이 긴 시를 지은 사람은 아무도 없었다. 앞에서 말했듯이, 어떤 운율이 어울리는지는 시의 성격 5 자체가 가르쳐준다.

호메로스는 칭찬받을 점이 많지만, 시인이 하지 말아야 할 것을 알고 있었다는 점에서 특히 칭찬받을 만하다. 시인은 자기가 직접 나서서 말하는 것을 극히 삼가야 한다. 그러한 행동은 모방하는 사람인 시인이 할 일이 아니기 때문이다. 다른 시인들은 모방하는 것은 별로, 아니 거의 없으면서, 극 전체에 걸쳐 자기가 직접 나서서 10 휘젓고 다니지만, 호메로스는 도입부에 해당하는 짤막한 몇 마디 이후로는 곧바로 한 남자나 한 여자, 또는 다른 인물을 등장시키는데 등장인물은 한결같이 개성이 뚜렷하다.

170 "카이레몬"은 아리스토텔레스와 동시대에 아테네에서 활동한 시인이다. 카이레몬이 서로 다른 여러 운율을 사용해서 쓴 작품은 『켄타우로스』다. "켄타우로스"에 대해서는 각주11을 보라.

"놀라움"을 불러일으키는 일은 비극에도 필요하다. 하지만 서사시는 배우의 연기를 통해 어떤 것을 보여주지 않으므로, 놀라움을 자아내는 "말도 되지 않는 일"[171]의 비중이 더 높다. 서사시에서 아킬레우스가 헥토르를 추격하는 장면, 즉 아킬레우스가 머리를 가로저으며 그리스 군에게 따라오지 말라고 신호를 보내고, 그리스 군 전체가 그 신호에 따라 추격에 가담하지 않고 가만히 서 있는 장면을 무대에서 본다면 얼마나 우스꽝스럽겠는가. 하지만 서사시에서는 그런 우스꽝스러움이 드러나지 않는다. "놀라움"은 즐거움을 만들어낸다. 사람이 이야기할 때 거기에 무엇인가를 덧붙여서 말하면 듣는 사람이 좋아한다는 것을 알기 때문에 누구나 그렇게 한다는 사실이 그 증거다.[172] 15

그럴 듯하게 거짓말하는 방법을 다른 시인에게 제대로 가르쳐준 인물도 호메로스였다. 잘못된 추론을 통해 속이는 것이 한 가지 방법이다. 즉, 첫째 일이 존재하거나 일어나면, 둘째 일도 존재하거나 일어난다고 전제해보자. 둘째 일이 존재하거나 일어나면 사람들은 첫째 일도 존재하거나 일어난다고 생각한다. 하지만 그것은 잘못된 추론이다. 20

따라서 첫째 일은 거짓이지만, 첫째 일이 존재하거나 일어나면

---

171 여기에서 "말도 되지 않는 일"로 번역한 ἄλογος(알로고스)를 앞에서는 "불합리한"으로 번역했다. 이 단어에는 "말도 되지 않는" 또는 "이치에 맞지 않는"이라는 뜻이 있다. 각주88을 보라.

172 다른 사람에게 이야기를 들려줄 때에 "놀라움"을 불러일으킬 만한 내용을 덧붙여야 홍미진진하게 듣는다는 것을 알기 때문에 그런 식으로 과장하거나 덧붙인다는 뜻이다.

둘째 일도 존재하거나 일어난다는 것이 참이라면, 그 첫째 일이 참이라고 사람들이 믿게 하려면 둘째 일이 존재하거나 일어났다고 하면 된다. 그러면 사람들은 둘째 일이 참이라는 것을 알기 때문에, 잘못된 추론을 통해서 첫째 일도 참이라고 믿는다. 그 예가 "세족 이야기"에 나온다.[173]

25

가능하긴 하지만 믿을 수 없는 일보다는 불가능하지만 개연성 있는 일을 선택해야 한다. 믿을 수 없는 일로 플롯을 구성해서는 안 된다. 믿을 수 없는 일은 단 하나도 플롯에 넣지 않는 편이 가장 좋다. 넣지 않을 수 없다면, 그런 믿을 수 없는 일은 『오이디푸스왕』에서 주인공이 라이오스가 어떻게 죽었는지를 모르고 있다는 설정처럼 작품 밖에 두어야 하지,[174] 『엘렉트라』에서 피토 제전에 관해 보

30

173 "세족 이야기"는 『오디세이아』에서 다음과 같은 부분이다. 오디세우스가 20년 만에 고국에 돌아와서 거지로 변장한 채 궁에 들어와서 아내 페넬로페를 만난다. 오디세우스는 자기는 크레테에서 온 사람인데, 오디세우스가 트로이아로 항해하다가 풍랑을 만나 크레테에 기착해서 자기 집에 잠시 머문 적이 있다고 거짓말을 하고서는, 그 증거로 당시에 오디세우스의 용모와 행색을 자세히 설명하는데, 페넬로페는 그 말을 듣고서 나머지 말도 모두 믿는다. 이것이 여기에서 아리스토텔레스가 말하는 잘못된 추론의 예이다. 그런 후에 페넬로페는 유모에게 오디세우스의 발을 씻어주게 하는데, 그때 유모는 오디세우스의 발에서 흉터를 보고서 오디세우스를 알아본다.

174 『오이디푸스왕』에서 주인공 오이디푸스는 길에서 시비가 붙어 그 과정에서 자기 생부인 줄 모르고 테바이의 왕 라이오스를 죽인다. 나중에 오이디푸스는 라이오스가 자신의 아버지라는 사실을 알지만, 자기가 죽인 사람이 라이오스일 가능성은 생각조차 하지 않고, 행방불명된 라이오스를 적극 수소문해서 찾지도 하지 않는다. 아리스토텔레스는 오이디푸스의 이러한 행태를 "믿을 수 없는 일"이라고 말한다. 하지만 이것은 극에서 전제로 하는 사건으로, 극 밖에 있고 극 중에서 다루지는 않는다.

고하는 사람이나[175] 『미시아인들』에서 테게아를 출발해 미시아에 도착할 때까지 말 한 마디 하지 않은 사람처럼 작품 안에 두어서는 안 된다.[176]

따라서 그런 내용을 넣지 않았다면 플롯이 엉망이 되었을 것이라고 말하는 것은 어처구니없다. 아예 처음부터 그런 식으로 플롯을 구성해서는 안 되기 때문이다. 하지만 시인이 "말도 안 되는 일"을 플롯 안에 집어넣기는 했지만, 거기에 개연성을 부여했다면, 우리는 그 일이 말도 안 되지만 수용한다. 예를 들어, 『오디세이아』에서 오디세우스를 해변에 버려둔 일은 말도 안 되므로,[177] 서툰 시인이 그 35

---

175 『엘렉트라』는 소포클레스의 비극이다. 아가멤논의 아들 오레스테스는 어머니 클리타임네스트라를 죽여서 아버지의 원수를 갚으려고 아르고스에 잠입한다. 먼저 자신의 늙은 종을 어머니에게 보내, 오레스테스가 피토 제전에서 전차경주에 참가했다가 사고를 당해 죽었다고 거짓으로 알리게 한다. 하지만 델포이 제전으로도 불리는 피토 제전은 기원전 8세기에 시작되었기 때문에, 이 극이 배경으로 하고 있는 트로이아 전쟁(기원전 12-14세기 중 어느 시기) 직후에는 아직 존재하지 않았으며, 게다가 피토 제전에서 그런 사고가 있었다면 이미 그리스 전체에 소문이 났을 텐데, 클리타임네스트라가 이 늙은 종의 말을 곧이곧대로 믿었으니 "믿을 수 없는 일"이라는 말이다.

176 『미시아인들』은 아이스킬로스나 소포클레스의 작품인 것으로 보인다. 테게아의 왕 알레오스는 자기 딸인 아우게가 결혼해서 낳은 아들이 숙부, 즉 알레오스의 아들을 죽이리라는 신탁을 받고, 아우게를 아테나 신전의 무녀로 삼아 결혼을 하지 못하게 한다. 하지만 아우게는 헤라클레스의 유혹에 넘어가서 텔레포스를 낳는다. 알레오스는 이 사실을 알고서 텔레포스를 산에 버리지만, 텔레포스는 나중에 성인이 된 후에 알레오스의 궁에 갔다가 자기를 천하다고 비웃는 사람을 죽였는데, 그 사람이 바로 자기 숙부이자 알레오스의 아들이었다. 이 일을 계기로 텔레포스는 자기 신분에 의문을 품고, 부모가 누구인지 알려면 미시아로 가라는 신탁을 받는다. 텔레포스가 미시아로 가면서 아무와도 접촉하지 않고 말 한 마디 하지 않은 것은 신탁의 명령이었기 때문이었다. 아리스토텔레스는 이것을 "믿을 수 없는 일"로 분류한다.

177 이것은 『오디세이아』 제13권 86-184행에 나온다. 오디세우스는 10년에 걸친 귀향 여정에서 마지막으로 스케리아 섬에 표류해서, 그곳을 다스리던 알키노오스왕에게

1460b 렇게 했다면 도저히 용납할 수 없었을 것이다. 반면에 호메로스는 다른 좋은 양념을 사용해서 "말도 안 되는 일"이라는 인상을 지워버린다.

행위나 사건이 전혀 없어서 성격이나 사상이 드러나지 않는 부분에서는 시어에 특히 공을 들여야 한다. 다른 한편으로는 시어가 5 지나치게 화려하면 성격과 사상이 가려진다.

자기 모험담을 들려주고 환대를 받다가, 왕의 호의로 파이아키아인들이 젓는 배를 탄다. 그들은 오디세우스를 깊이 잠들게 한 후에 초인적으로 배를 몰아 마침내 이타케 해변에 내려놓지만, 오디세우스는 여전히 깨어나지 않는다. 한편, 바다의 신 포세이돈은 파이아키아인이 이방인에게 호의를 베풀지 않기로 약속해놓고서 약속을 어김으로써 자기를 무시했다고 격노하여, 파이아키아인의 배가 스케리아 섬에 거의 당도할 즈음에 돌이 되어 바다 깊이 가라앉게 한다. 아리스토텔레스는 이 장면이 "말도 안 되는 일"이라고 지적한다.

제25장

서사시에 대한 비판과 그 해결책

문제점[178]과 그 해결책에 대해서는, 문제점이 얼마나 있고 어떠한 것이 있는지는 다음과 같이 살펴보면 드러난다.

시인은 화가나 그 밖의 형상을 만들어내는 사람[179]과 마찬가지로 모방하는 사람이므로, 사물의 세 상태 중 어느 하나를 모방할 수밖에 없다. 즉, 첫째는 어떤 사물의 과거나 현재 모습, 둘째는 사람들이 어떤 사물의 모습이라고 말하거나 생각하는 모습, 셋째는 어떤 사물이 마땅히 그래야 한다고 여기는 당위적인 모습이다. 10

178 여기에서 "문제점"은 사람들이 문제를 제기하고 비판하는 것을 가리킨다. 따라서 실제 비극에 존재하는 문제가 아니라 사람들이 문제라고 오해해서 비판하는 것이다. 따라서 "문제점으로 비판받는 것과 그 해결책"이라는 표현이 더 적절하겠다. 아리스토텔레스는 여기에서 사람들이 『일리아스』에 대해 제기한 문제점을 주로 다루고 있으므로, 이 부분은 지금은 전해지지 않는 아리스토텔레스의 여섯 권짜리 『호메로스의 문제점』을 요약한 내용일 가능성이 크다.

179 "다른 형상을 만들어내는 사람"에는 조각가나 입상 제작자가 포함될 것이다.

그러한 모습을 모방할 때 시인은 방언이나 은유, 변형된 여러 말을 사용한다. 시인에게는 그런 말을 사용하는 것이 허용된다.

이러한 것 외에도 옳고 그름의 기준은 정치학과 시학이 서로 15 다르고,[180] 다른 예술과 시학도 서로 다르다. 시학 자체에서는 두 종류의 잘못이 존재한다. 하나는 본질적인 잘못이고, 하나는 부수적인 잘못이다.

무언가를 모방하려고 했지만 능력 부족으로 할 수 없었다면, 그것은 본질적인 잘못이다. 반면에 달리는 말을 올바르게 묘사하지 않고 의도적으로 말이 두 오른발을 동시에 내딛는 것으로 묘사했다면, 20 그것은 의술이나 그 밖의 기술에서 본다면 기술적인 오류이거나 불가능한 일이므로 잘못이겠지만, 시학에서 볼 때는 본질적인 잘못은 아니다. 따라서 비판하는 사람들이 제기하는 문제점은 이런 관점에서 보고 해결해야 한다.

먼저 시학 자체와 관련하여 제기되는 문제점을 보자. 시인이 불 25 가능한 것을 썼다면, 일단은 잘못한 것이다. 하지만 그렇게 해서 시의 목적(이 목적에 대해서는 앞에서 이미 말했다)을 달성했으며, 그 시가 놀라움을 불러일으켰다면 정당성을 지닌다.

아킬레우스가 헥토르를 추격하는 장면이 그러한 예다.[181] 하지

---

180 "정치학"에서 옳고 그름의 기준이 사회적으로 정의롭고 선한 것, 즉 공동체적인 선이라면, 시학에서 옳고 그름의 기준은 시의 목적과 효과 달성에 있다. 비극의 목적은 사람에게 공포와 연민을 불러일으켜 감정의 카타르시스를 통해 비극 고유의 즐거움을 주는 것이다.

181 이 장면은 『일리아스』 제22권 205행 이하에 나온다. 아리스토텔레스는 제24장에서도 이 장면을 "말도 되지 않는 일"의 한 사례로 언급하고, 호메로스가 그렇게 한 것은 이 이야기를 듣는 사람에게 놀라움을 불러일으키는 효과를 낸다고 말한다.

만 시학의 원칙을 충실히 지켜서 표현했더라도 시의 목적을 동일하게 또는 더 낫게 달성할 수 있었다면, 그러한 잘못을 정당화하지 못한다. 시학의 원칙을 어기는 잘못은 무엇이든 가급적 피해야 하기 때문이다. 또 작시와 관련된 잘못이 시학 자체와 관련된 본질적 잘 30 못인지 아니면 부수적 잘못인지도 따져야 한다. 예컨대 암사슴에게 뿔이 없다는 사실을 모르는 것이, 암사슴을 시적으로 모방해서 묘사하지 못한 것보다는 낫다.[182]

다음으로, 시인이 묘사한 것이 사실과 다르다는 비판을 받는다면, 예컨대 소포클레스는 자기는 인간의 이상적인 모습을 묘사한다고 말했고 에우리피데스는 자기는 인간의 사실적인 모습을 묘사한다고 말했듯이, 우리도 그렇게 해야 한다고 대답함으로써 그런 비판을 반박해야 한다. 35

하지만 시인이 묘사한 내용이 이 둘 중 어느 것도 아닌 경우에는, 예컨대 신에 관한 이야기가 크세노파스가 말한 대로 이상적이지도 않고 사실적이지도 않을 수 있지만,[183] 사람이 신에 관해 생각하는 것을 말하듯 우리도 그렇게 했다고 대답하면 된다.

182 "암사슴에게 뿔이 없다는 사실을 모르는 것"은 사실에 대한 착오이므로 시학에서는 본질적인 잘못이 아니지만, "암사슴을 시적으로 모방해서 묘사하지 못한 것"은 시학의 본질과 관련된 잘못이기 때문이다.

183 "크세파노스"는 기원전 6세기경 활동한 고대 그리스의 철학적 서사시인이다. 페르시아가 고향을 침공(기원전 545년경)하자, 60년 넘게 그리스 각지를 유랑하다가 탈레스, 아낙시만드로스 같은 걸출한 인물을 배출한 밀레토스 학파의 자연철학을 받아들였고, 영생불멸의 존재인 신을 인간이 제 마음으로 해석한 이전의 주관적이고 신화적인 신관을 배격했다. 이런 관점에서 호메로스와 헤시오도스를 신랄하게 비판했다.

1461a 이상적이지도 않고 사실적이지도 않은 묘사 중에서 과거의 모습에 대한 묘사가 있을 수 있다. 무기와 관련해서 "창들이 창끝을 위로 해서 세워져 있었다"는 묘사가 그런 예다. 이것은 과거의 관습이었고, 일리리아인은 지금도 그렇게 한다.[184]

5 또 등장인물의 말이나 행위가 시학적으로 훌륭한지 여부를 평가하려면 단지 그 말이나 행위 자체가 고상하거나 저속한지만 따져서는 안 되고, 누가 누구에게 언제 어떠한 수단을 사용해서 무슨 목적으로 그런 말이나 행위를 했는지를 살펴보아야 한다. 더 큰 선을 이루고자, 혹은 더 큰 악을 피하기 위해서 그렇게 말하거나 행동했을 수도 있기 때문이다.

10 문제점이라고 지적된 것 중에는 시인이 사용한 시어를 살펴보면 해결할 수 있는 문제점도 있다. 예컨대, 방언과 관련된 것으로는 οὐρῆας μὲν πρῶτον(우레아스 멘 프로톤, "먼저 노새들을")이라는 구절에 대해 제기된 비판은 οὐρῆας(우레아스)가 "노새들"이 아니라 "보초들"을 가리키는 방언이라고 보면 해결된다.[185]

184 이 구절은 『일리아스』 제10권 152행에 나온다. 사람들은 이것을 읽고서 창을 이렇게 세워두는 것은 위험하고, 실제로 그렇게 세워두지도 않는다고 비판했다. "일리리아"는 그리스 북서부 지역으로 아드리아해에 접해 있다.

185 이 구절은 『일리아스』 제1권 50행에 나온다. 이 구절은 아폴론이 아가멤논의 교만함에 분노하여 그리스 군을 공격하여 사람과 가축을 죽이는 장면에 나오는데, "그는 화살로 먼저 노새들과 날쌘 개들을 공격했다"는 시행의 일부다. 고대 그리스의 문법학자, 견유학파 철학자, 문학비평가인 조일로스(기원전 400년경-320년경)는 특히 호메로스를 신랄하게 비판했는데, 이 구절과 관련해서 신이 사람보다 가축을 먼저 공격한 것은 말도 되지 않는 일이라고 비판했다. 아리스토텔레스는 여기에서 "우레아스"를 "노새들"이 아니라 "보초들"로 해석하면, 신이 그리스 군 진영을 지키는 보초들과 날쌘 개들을 먼저 죽인 것은 아주 이치에 맞는다고 말한다.

또 돌론에 대해서 ὅς ῥ' ἦ τοι εἶδος μὲν ἔην κακός(호스 레 토이 에이도스 멘 에엔 카코스, "그는 불구였지만")라고 한 것과 관련해서는, 크레타인들이 얼굴이 잘생긴 것을 표현할 때 εὐειδὲς(유에이데스)라는 말을 사용한 것에 비추어보면, 이 구절은 몸이 기형이고 불구라는 뜻이 아니라 얼굴이 못생겼다는 뜻이라고 보면 해결된다.[186]

ζωρότερον δὲ κέραιε(조로테론 데 케라이에, "물을 조금만 타라")라는 구절과 관련된 문제점은, ζωρότερον(조로테론)을 취하게 하기 위해서 포도주에 물을 '조금만' 타라는 뜻이 아니라 '더 빨리 타라'는 뜻으로 해석하면 해결된다.[187] 15

어떤 문제점은 은유적으로 말한 것으로 보면 해결된다. 예컨대, 호메로스는 "모든 신들과 사람이 밤새도록 잠들어 있었다"고 말한 후에, 곧바로 "트로이아 벌판을 응시하고 있던 그는 피리와 목적의 소리에 놀랐다"고 말하는데 여기에서 발생하는 문제는 "모든"이 "많은"을 대신해 은유적으로 쓰인 말이라고 보면 해결된다. "모든 것"은 20 "많은 것"의 한 종류이기 때문이다.[188] 또 "이 별만 참여하지 않는다"

186 이 구절은 『일리아스』 제10권 316행에 나온다. "돌론"은 트로이아의 맹장 헥토르가 그리스 군 진영의 동태를 알아보기 위해 보낸 첩자다. 사람들은 첩자는 아주 민첩해야 하는데, 불구인 사람을 첩자로 보낸 것이 말이 되느냐고 비판했다.

187 이 구절은 『일리아스』 제9권 202행에 나온다. 이것은 아킬레우스가 자기 막사를 찾아온 그리스 군 장군들을 대접하기 위해 절친인 파트로클로스에게 한 말이다. 고대 그리스인들은 포도주에 물을 타서 마셨는데, 사람들은 여기에서 물을 조금만 탄 포도주를 손님에게 내어놓는 것은 예의에 어긋난다고 비판했다.

188 앞에 구절은 『일리아스』 제10권 1-2행에 나오고, 뒤에 구절은 제10권 11-13행에 나온다. 여기에서 사람들은 "모든 신과 사람이 밤새도록 잠들어 있었다"면, 어떻게 "그가 트로이아 벌판을 응시하고", 어떻게 "피리와 목적의 소리"가 있을 수 있느냐고 비판했다.

라는 구절도 은유적 표현이다. 가장 잘 알려져 있는 것은 유일한 것의 한 종류이기 때문이다.[189]

강세와 관련된 문제일 수도 있다. 타소스의 히피아스는 δίδομεν δέ οἱ εὖχος ἀρέσθαι(디도멘 데 호이 유코스 아레스타이, "우리는 그가 영광을 얻는 것을 허용한다")[190]라는 구절과 τὸ μὲν οὗ καταπύθεται ὄμβρῳ(토 멘 후 카타퓌테타이 옴브로, "그것의 일부는 비 때문에 썩었다")라는 구절의 문제점을 강세로 해결했다.[191]

25 구두점을 통해 문제점을 해결할 수도 있다. 이를테면 엠페도클레스의 작품에 나오는 αἶψα δὲ θνήτ᾽ ἐφύοντο τὰ πρὶν μάθον ἀθάνατ᾽ εἶναι ζωρά τε πρὶν κέκρητο(아입사 데 트네 테퓌온토 타 프린마톤 아타나

---

189 이 구절은 『일리아스』 제18권 489행과 『오디세이아』 제5권 275행에 나온다. 여기에서 "이 별"은 큰곰자리의 별을 가리키고, "참여하지 않는다"는 "오케아노스의 목욕에 참여하지 않는다"는 뜻이다. "오케아노스"는 그리스 신화에서 대지를 둘러싸고 흐르는 거대한 대양(ocean)이다. 따라서 "오케아노스의 목욕"은 별들이 대양 속으로 들어가는 것, 즉 별들이 지는 것을 가리킨다. 사람들은 큰곰자리의 별만 아니라, 많은 별이 지지 않는데 "이 별만"이라고 표현한 것은 잘못이라고 비판했다.

190 "타소스의 히피아스"가 누구인지는 알려져 있지 않다. "타소스"는 에게해 북부에 있는 섬이다. 이 구절은 『일리아스』 제21권 297행에 나온다. 사람들은 여기에서 제우스가 아가멤논을 속이려고 꿈의 신을 아가멤논에게 보내면서, "허용한다"(δίδομεν, 직설법 현재형)라고 말한 것은 거짓말이라고 비판한다. 히피아스는 이 단어의 강세를 둘째 음절로 옮겨서 "허용하라"(διδόμεν)로 변경함으로써 이 문제를 해결했다.

191 이 어구는 『일리아스』 제23권 328행에 나온다. 이 어구는 "참나무인지 소나무인지는 모르겠지만 한 길이나 되는 마른 말뚝 하나가 땅 위에 서 있고, 그것의 일부는 비 때문에 썩었다"는 구절의 일부다. 사람들은 참나무와 소나무는 비를 맞아도 거의 썩지 않는데, 그 일부가 썩었다고 표현한 것은 잘못이라고 비판했다. 그래서 히피아스는 οὗ(그것의)를 οὐ(아니다)로 바꾸어서 "하나도 비에 썩지 않았다"로 바꾸어 이 문제를 해결했다.

트 에이나이 조라 테 프린 케크레토)라는 구절이 그렇다.[192]

다의어를 통해 문제점을 해결하기도 한다. παρῴχηκεν δὲ πλέω νύξ(파로케켄 데 플레오 뉙스)가 그런 예다. 여기에서 πλέω(플레오)는 다의어다.[193]

관용 어법을 통해 문제점을 해결할 수도 있다. 이를테면 포도주에 물을 탔어도 그것을 포도주라고 부른다. 그래서 호메로스도 "새롭게 제련된 주석으로 만든 정강이받이"라고 표현할 수 있었다.[194] 쇠를 다루는 대장장이도 "청동 대장장이"라고 부른다. 신들은 술을 30 마시지 않는데도, 가니메데스를 제우스를 위해 "술 따르는 자"라고 부르는 것도 마찬가지다. 하지만 이 경우는 은유로 볼 수도 있다.[195]

어느 단어의 의미가 그 구절과 어울리지 않는 것처럼 보인다면,

---

192 이 구절은 엠페도클레스 단편 35.14-15에 나온다. ἀθάνατ'(아타나트)까지는 "전에 불사를 배운 것들이 갑자기 죽는 존재가 되었고"로 읽혀 아무 문제가 없다. 하지만 구두점이 πρὶν(프린) 앞에 오면 "전에 순수하게 되었다"가 되고, 뒤에 오면 "전에 순수했던 것이 혼탁해졌다"가 된다.

193 이 구절은『일리아스』제10권 253행에 나온다. 이 구절은 "밤이 3분의 2 이상 지나가고 3분의 1만 남았다"의 일부다. 사람들은 3분의 2 "이상"이 지났는데 3분의 1이 남았다고 한 것은 잘못이라고 비판했다. 하지만 πλέω(플레오)에는 "이상"이라는 뜻 말고도 "더 많은 부분"이라는 뜻이 있기 때문에, "밤의 더 많은 부분이 지나가고"로 해석하면 문제가 해결된다.

194 이 어구는『일리아스』제21권 592행에 나온다. 사람들은 주석과 구리의 합금으로 만들어진 정강이받이를 주석으로 만들어졌다고 표현한 것은 잘못이라고 비판했다.

195 트로이아의 왕 트로스의 왕자였던 "가니메데스"는 미소년이어서 신들에게 납치된 후 제우스의 시종이 되었다. 신들은 넥타르를 마시고 암브로시아를 음식으로 먹는다. 이 음료와 음식은 강력한 생명력을 지녔기에 인간이 먹으면 불사의 존재가 된다고 한다. 이처럼 신은 "술"(포도주)을 마시지 않고 넥타르를 마시는데도, 넥타르를 "술"이라고 한 것은 신의 음료인 넥타르와 인간의 음료인 술 사이의 유비를 이용한 은유로 볼 수 있다는 것이다.

그 단어를 그 특정 구절에서 얼마나 다양한 의미로 해석할 수 있는지 살펴보아야 한다. 예컨대, "청동으로 된 창이 거기에서 멈췄다"라는 구절이 있다면,[196] 이 구절에서 "거기에서 멈췄다"를 얼마나 다양하게 해석할 수 있는지를 살펴서, 이런저런 의미를 비교한 후에 문맥에 가장 어울리는 의미를 선택해야 한다.

35

1461b

이것은 글라우콘[197]이 말한 내용과 정반대로 하는 것이다. 글라우콘은 이렇게 말했다. "사람들은 이치에 맞지 않는 것을 전제로 하고서 거기에서 결론을 추론해 나가다가, 작품에 나오는 뭔가가 자기들 판단과 어긋나면, 시인이 한 말이 실제로 자기들이 생각한 그것을 말한 것처럼 단정하고 시인을 비난한다."

사람들이 이카리오스를 비판한 경우가 그렇다. 이카리오스를 라케다이몬 사람이라고 단정하고는, 텔레마코스가 라케다이몬에 갔을 때 이카리오스를 만나지 않은 것은 이치에 맞지 않는다고 생각했다. 하지만 케팔레니아인들은 오디세우스가 자기 지역 출신의 여자와 결혼했고, 그녀의 아버지는 이카리오스가 아니라 이카디오스였다고 말하고, 실제로도 케팔레니아인 말이 사실로 보인다. 따라서

5

196 이 구절은 『일리아스』 제20권 272행에 나온다. 이 구절은 트로이아의 영웅 아이네이아스가 던진 창을 아킬레우스가 방패로 막은 장면을 묘사한 대목이다. 이 방패는 가장 바깥쪽에서 시작해서 황금막 한 겹, 청동막 두 겹, 주석막 두 겹으로 되어 있었기 때문에, 창이 방패의 두 겹을 뚫고서 "거기에서", 즉 황금막 앞에서 멈췄다고 호메로스가 표현한 것은 잘못이라고 사람들은 비판했다. 아리스토텔레스는 이 비판에 대해 여기에서 명확한 대답을 제시하지는 않고, 단지 그런 구절을 만났을 때에 원론적으로 어떤 태도를 지녀야 하는지만 말한다.

197 "글라우콘"은 고대 그리스에서 흔한 이름이었기 때문에, 누구를 가리키는지가 확실하지 않다. 플라톤이 쓴 대화편인 『이온』에는 "훌륭한 견해"를 지닌 학자 글라우콘이 등장한다.

사람들이 이것과 관련해서 문제를 제기한 것은 순전히 착각 때문이었던 것 같다.[198]

보통은 불가능한 일을 말했어도, 그 일이 시의 목적에 부합하거나 이상적인 모습을 묘사했거나 사람들의 생각을 표현했다면 정당화된다. 시의 목적 달성은 가능하더라도 믿을 수 없는 일보다는 목적 달성은 어렵더라도 믿을 수 있는 일을 선택하는 편이 낫기 때문이다. 또 제욱시스[199]가 그림으로 그린 사람들이 현실에 존재하지는 않지만, 화가는 모델을 있는 그대로가 아니라 이상적인 모습으로 그려야 하기 때문에 제욱시스가 그렇게 그린 것은 잘한 것이다. 10

말도 되지 않는다는 비판에 대해서는,[200] 사람들은 일반적으로 그렇게 생각한다고 대답하거나, 말도 되지 않는 일도 일어날 수 있으므로 말도 되지 않더라도 때로는 말이 된다고 대답해야 한다. 15

모순되어 보이는 것이 있다면, 먼저 논증을 통해 반박할 때와 동일한 자세로 과연 시인이 그것에 대하여 그렇게 모순된 의미로 말한 것인지를 꼼꼼하게 살펴서, 시인의 말이 시인이 앞에서 말한

---

198 "이카리오스"는 오디세우스의 아내인 페넬로페의 아버지다. 사람들은 이카리오스를 라케다이몬 사람이라고 단정했기 때문에, 호메로스가 오디세우스의 아들 "텔레마코스"가 라케다이몬에 갔을 때 외조부인 이카리오스를 만나지 않은 것으로 묘사한 것은 잘못이라고 비판했다. "케팔레니아"는 그리스 서부의 이오니아 제도에서 가장 큰 섬으로, 오디세우스의 고향인 이타케와 가깝다.

199 "제욱시스"에 관해서는 각주44를 보라.

200 여기에서 "말도 되지 않는"으로 번역한 단어는 앞에서 여러 번 설명한 ἄλογος(알로고스)다. 알로고스는 "말이 되지 않거나 이치에 맞지 않는"이라는 뜻이다. 사람들은 말도 되지 않는 일들을 믿는 경우도 종종 있고, 그런 일들이 실제로 종종 일어나서 사람들을 놀래기도 한다.

것이나 건전한 상식을 지닌 사람들이 암묵적으로 전제로 하는 것과 정말 모순이 되는지를 판단해야 한다.

하지만 필연성이 없는데도 불합리하거나 저속한 것을 도입했
20 다면 비난을 받는 것이 마땅하다. 예를 들어, 에우리피데스가 『메데이아』에서 아이게우스를 불합리하게 등장시킨 장면이나,[201] 『오레스테스』에서 메넬라오스의 성격을 사악하게 그린 장면이 그렇다.[202]

이렇게 비판의 근거가 되는 사례에는 다섯 가지, 즉 불가능해 보이는 것, 말도 되지 않아 보이는 것, 해로워 보이는 것, 모순되어 보이는 것, 기술적으로 틀린 것처럼 보이는 것 등이 있다. 이러한 비
25 판에 대한 해결책은 앞에서 말한 여러 방법에서 찾아야 하는데, 그 방법은 열두 가지다.

201 콜키스의 왕 아이에테스의 공주인 "메데이아"는 황금 양모피를 구하러 온 이아손에게 반해 이아손을 도와주고 함께 도망쳐서 코린토스에 정착한다. 하지만 이아손은 자기를 버리고 코린토스의 왕 크레온의 공주와 결혼하려고 했고, 크레온은 메데이아에게 추방 명령을 내린다. 그런데 이때 아테네의 왕 "아이게우스"가 갑자기 나타나서 메데이아에게 피신처를 제공해주겠다고 약속한다. 결국 메데이아는 크레온과 크레온의 공주는 물론이고 이아손과 자기 사이에서 낳은 두 아들까지 죽인다. 이아손에게 붙잡히려는 순간에 메데이아의 조부 헬리오스는 용이 끄는 수레를 보내고 메데이아는 그 수레를 타고 아이게우스에게로 도망친다. 여기에서 아리스토텔레스는 아이게우스가 극에 갑자기 등장한 것은 불합리하다고 지적한다.

202 에우리피데스의 『오레스테스』에서 아가멤논의 아들 오레스테스는 누이동생인 엘렉트라와 함께 어머니 클리타임네스트라와 어머니의 정부인 아이기스토스를 죽여 아버지의 원수를 갚지만, 아르고스 시민에게 처형당할 위기에 처한다. 때마침 트로이아 원정에서 돌아온 숙부 "메넬라오스"에게 도움을 청하지만, 메넬라오스는 비굴하고 사악한 모습을 보이며 도움 주기를 거절한다. 아리스토텔레스는 15장에서 "플롯이 요구하지도 않는 비열한 성격을 보여준 예"로 메넬라오스를 든다.

제26장

서사시보다 더 우월한 비극

서사시의 모방과 비극의 모방 중에서 어느 쪽이 더 우월하냐는 질문이 나올 수 있다. 덜 통속적인 모방이 더 우월하고, 더 훌륭한 관객을 대상으로 하는 모방이 덜 통속적이라고 한다면, 아무것이나 닥치는 대로 하는 모방은 분명 통속적일 것이다.

배우는 자기가 표현하지 않으면 관객이 이해할 수 없으리라고 여기고 많은 동작을 취해 보인다. 예를 들면, 실력 없는 피리 연주자가 원반 던지는 장면을 연주할 때는 스스로 빙글빙글 돌고, 스킬라가 등장하는 장면을 연주할 때는 합창대 지휘자를 잡아당긴다.[203] 30

203 아리스토텔레스는 디티람보스 극을 공연할 때 배우들이 도가 지나친 연기를 보이는 행태를 예로 든다. "스킬라"는 개 모양 머리 6개와 발 12개가 있는 괴물로서, 메시나의 좁은 해협에서 지나가는 선원들을 잡아먹었다. 여기에서는 스킬라가 6개의 머리에 있는 6개의 주둥이로 오디세우스가 탄 배에 있던 6명의 선원을 낚아채는 장면을 언급한다.

비극에서 배우가 바로 그런 행태를 보인다. 이것은 선배 배우가 후배 배우를 어떻게 평가했는지를 살펴보면 금방 드러난다. 민니 35 스코스는 칼립피데스가 연기를 과장되게 한다고 해서 칼립피데스를 원숭이라고 불렀고, 핀다로스도 비슷한 평을 들었다.[204] 1462a 전반적으로 서사시에 대한 비극의 관계는 선배 배우에 대한 후배 배우의 관계와 동일하다. 서사시는 연기가 필요 없는 교양 있는 관객을 대상으로 하는 반면에, 비극은 저속한 관객을 대상으로 하기 때문이라는 것이다. 따라서 사람들은 비극이 이렇게 저속하다면 분명 서사시보다 열등하다고 말한다.

5 이러한 평가를 접하면서, 먼저 그런 비난은 비극 자체가 아니라 배우의 연기에 대한 비난임을 지적하고자 한다. 소시스트라토스처럼 서사시 낭송이나, 오푸스의 므나시테오스처럼 노래 경연에서도 과장된 연기를 볼 수 있기 때문이다.[205]

다음으로는, 무용을 배척하지 않듯이 비극에서도 모든 연기를 배척해서는 안 되고, 오직 배우의 저속한 연기만 배척해야 한다. 칼 10 립피데스나 최근에 여자 역할을 연기하면서 저속하게 모방한 여러 배우[206]가 바로 그런 이유로 비난을 받았다.

---

204 "민니스코스"는 기원전 460년대에 아이스킬로스의 후기 비극에 출연한 배우로, 기원전 422년에는 배우 경연대회에서 우승하기도 했다. "칼립피데스"는 기원전 418년에 레나이아 축제에서 열린 경연대회에서 우승한 배우다. 크세노폰의 『향연』에서는 자기는 관객이 눈물을 흘리게 할 수 있다고 칼립피데스가 자랑한다. "핀다로스"라는 배우에 대해서는 알려진 것이 없다.

205 "소시스트라토스"와 "오푸스의 므나시테오스"에 대해서는 알려진 것이 없다.

206 고대 그리스에서는 여자 역할도 남자 배우가 맡았는데, 아리스토텔레스는 남자 배우가 저속한 여자 역할을 맡았다는 점이 아니라, 자신들이 맡은 여자 역할을 저속

아울러 비극도 서사시처럼 연기 없이 비극의 목적을 달성할 수 있다. 비극을 읽어보기만 해도 비극의 효과가 나타나기 때문이다. 이렇게 비극은 모든 점에서 탁월함을 보여주고, 앞에서 결함으로 제시한 사항은 비극 자체에 내재된 결함이 아니다.

게다가 비극에는 서사시에 있는 요소가 모두 있고(서사시의 운율도 사용할 수 있다), 서로 결합하여 생생한 즐거움을 제공하는 음악과 시각적 요소라는 중요한 요소까지 갖추고 있다. 15

또 비극은 읽기만 해도 무대에서 공연할 때와 동일하게 생생함을 느낄 수 있다. 비극은 모방이라는 목적을 더 짧은 분량과 더 적은 시간을 들여 이루어낸다. (더 압축해서 보여줄 때 느끼는 즐거움이 더 긴 시간에 걸쳐 보여줄 때 희석되는 즐거움보다 크다. 예컨대, 소포클레스의 『오이디푸스왕』의 분량을 『일리아스』처럼 늘린다면 어떻게 되겠는가.) 1462b

또 서사시인의 모방은 통일성이 떨어진다. (서사시인의 어느 작품으로도 비극을 여러 편 만들어낼 수 있다는 것이 그 증거다.) 그래서 통일된 플롯을 지닌 서사시를 쓰면, 묘사가 짧아져서 무엇인가가 잘려나간 기분이 들고, 서사시에 걸맞은 분량에 맞춰 쓰면, 물을 너무 많이 탄 포도주처럼 되고 만다. 5

서사시는 다수의 사건으로 구성된다는 뜻이다. 예컨대, 『일리아스』와 『오디세이아』는 각 사건을 다루는 다수의 부분으로 구성되고, 각 부분은 크기가 일정하다. 그런데도 이 서사시들은 전체적으로 모든 부분이 서로 완벽하게 결합하도록 구성되어 있고, 하나의 사건을 10

하게 연기했다는 점을 지적한다.

최대한으로 모방하려고 한다.

이렇게 비극은 이 모든 점에서뿐 아니라, 각각의 목적을 이루어 내는 것(앞에서 말한 대로 비극과 서사시는 막무가내가 아니라 각자 고유 15 한 즐거움을 만들어내야 한다)과 관련해서도 서사시보다 우월하다. 따라서 비극은 자기 목적을 더 효과적으로 달성한다는 점에서 서사시보다 분명히 더 우월하다.

해제

박문재

『시학』은 아리스토텔레스가 기원전 335년경에 쓴 작시론이다. 즉, 시를 어떻게 써야 하는지를 다룬 글이다. 아리스토텔레스는 기원전 384년에서 322년까지 고대 그리스의 아테네에서 활동한 철학자이자 학문 전반을 연구하여 글을 쓴, 백과전서적인 학자다.

당시 아테네에는 그리스어로 "테크네"(τέχνη)라고 불리는 전문 기술과 실용학문이 지식인 사이에서 널리 성행했는데, 그런 것을 연구하고 대중화한 사람이 "소피스트"였다. 하지만 소피스트는 합리적인 철학이나 원칙 없이 실용성과 눈앞의 효과에만 집착했기 때문에, 우리조차도 소피스트라고 하면 궤변론자로 이해할 정도다.

아리스토텔레스는 어떻게 보면 통속적이고 저속한 이 테크네에 철학을 부여해서, 테크네를 단순히 전문적이고 실용적인 기술이 아닌 하나의 학문으로 발전시킨 인물이다. 따라서 『시학』은 단지 시를 어떻게 써야 하는지를 다룬 실용적인 기술서가 아니라, 시에 대한 철학적이고 학문적인 통찰을 담은 본격적인 시론이자 시학이라고 하겠다.

아리스토텔레스는 『니코마코스 윤리학』에서 테크네를 어느 분야에 대한 본질적인 이해를 토대로 그 분야와 관련된 것을 만들어내는 능력으로 정의한다. 따라서 철학, 논리학, 형이상학은 물론 정치학과 법학, 의학과 시학과 수사학도 모두 테크네에 속한다. 『수사학』에서는 이러한 테크네를 사람들은 본능적으로 알고 있지만, 경험과 이성적 추론을 통해 테크네의 본질과 원리를 이해한다면, 이해가 훨씬 깊어지고 작업도 잘 해낼 수 있다고 강조한다.

이렇게 아리스토텔레스는 당시에 지식인 사이에서 활용되던 테크네의 본질과 원리를 연구해나갔고, 『시학』은 당시 사람들의 삶에 아주 중요한 부분으로 자리잡고 있던 "비극"을 집중적으로 탐구함으로써 시의 본질과 원리를 제시한 글이다. 아리스토텔레스는 시의 중요한 갈래로 비극, 희극, 서사시를 들었지만, 실제로는 기원전 7세기에 활동한 여류시인 레스보스의 사포와 핀다로스(기원전 518년경-438년경)로 대표되는 서정시도 있었다.

하지만 테크네의 본질은 사람의 삶에 영향을 주는 실용성에 있었고, 당시 아테네인의 삶에 큰 영향을 끼친 것은 비극이었다. 이런 배경은 아리스토텔레스가 대중 설득용 테크네인 『수사학』을 연구하고 집필한 이유도 적절하게 설명해준다. 당시는 아테네에서 직접 민주주의가 만개했고, 법정 변론만 아니라 대중연설도 아주 중요한 시기였기 때문이다.

먼저 우리는 『시학』이라는 저작에 초점을 맞춰서, 아리스토텔레스가 활동한 시기의 역사 배경을 살펴볼 필요가 있다. 그런 후에는 『시학』을 좀 더 근본적으로 이해하기 위한 핵심 개념을 살펴보고, 마지막으로는 『시학』의 구성을 살펴보고자 한다.

I. 『시학』 등장의 역사상 배경

고대 그리스에서 기원전 5세기는 페르시아 왕 다리우스가 기원전 499년에 그리스 본토를 침공하면서 시작되었다. 다리우스는 이오니아 지방의 그리스인이 반란을 일으켰을 때 본토 그리스인이 도왔던 것을 응징하고자 했다. 이것이 기원전 448년까지 지속된 페르시아 전쟁이다. 그후에 전쟁에서 페르시아를 물리치는 데 주도적인 역할을 한 아테네가 그리스 도시국가들을 압도하다가, 아테네가 주도하는 델로스 동맹과 라케다이몬(스파르타)이 주도하는 펠로폰네소스 동맹 사이에 펠로폰네소스 전쟁이 발발하여, 기원전 404년에 라케다이몬의 승리로 끝나면서 아테네가 몰락할 때까지 대략 50년이 아테네의 전성기였다. 이 시기에 위대한 정치가 페리클레스(기원전 495년경-429년)가 등장해 아테네 민주정치는 전성기를 누렸고 아테네는 정치, 사회, 문화 등 모든 방면에서 대개화기를 맞으면서 그리스 세계의 중심이 되었다.

아테네에서는 건축과 조각뿐 아니라, 극(劇)도 만개한다. 기원전 13세기에 일어난 트로이아 전쟁을 소재로 기원전 8세기에 호메로스가 대서사시 『일리아스』와 『오디세이아』를 썼고, 이 두 서사시가 아테네에서 극이 활짝 피는 밑거름이 되었다. 그 후에 아테네가 전성기를 맞이하자 가장 먼저 출현한 위대한 비극시인이 아이스킬로스(기원전 525-456년)이다. 아이스킬로스는 직접 페르시아 전쟁에 참전했으며, 호메로스의 서사시에 나오는 영웅을 무대에 올렸을 뿐 아니라, 『페르시아인들』이라는 작품에서는 페르시아의 왕 크세르크세스가 맞이한, 최근의 재앙을 극화하기도 했다.

아이스킬로스의 제자이자 경건하고 보수적 성향인 소포클레스(기원전 496-406년)는 아버지를 죽이고 어머니와 결혼한 오이디푸스 왕을 소재로 『오이디푸스왕』이라는 비극을 썼고, 좀 더 급진적이고 회의주의적 성향인 에우리피데스(기원전 484-406년)는 배신한 남편 이아손에게 복수하기 위해 두 아들을 죽인 콜키스의 공주 메데이아를 소재로 『메데이아』라는 비극을 썼다. 이 세 사람이 고대 그리스의 3대 비극시인이라 불리는데, 아리스토텔레스는 이 세 사람과 작품을 『시학』에서 자주 언급한다. 이 시기에 헤로도토스(기원전 484-425년)가 페르시아 전쟁을 다룬 본격 역사서인 『역사』를 썼다.

또한, 비슷한 시기에 빅뱅 우주론을 제시한 아낙사고라스(기원전 500-428년) 등을 중심으로 신화를 배제한 이성적이고 근대적인 자연철학이 발전했지만, 그중 압권은 사제지간인 소크라테스(기원전 469-399년), 플라톤(기원전 429-347년), 아리스토텔레스(기원전 385-322년)였다.

소크라테스는 철저히 이성적인 추론 중심의 철학 방법론을 주창했고, 그러한 방법론은 플라톤이 쓴 대화편을 통해 이후 철학에 토대를 제공했다. 플라톤은 소크라테스의 철학 방법론 위에 이상적인 실재를 뜻하는 "이데아"를 중심 개념으로 정교하고 형이상학적인 도덕철학을 구축했다.

아리스토텔레스는 기원전 385년경에 플라톤이 아테네에 세운

아카데메이아에서 20년 동안 스승과 함께했다. 도덕적인 삶이 행복을 가져다준다는 플라톤의 윤리학에 동의하면서도, 다른 한편으로는 도덕적인 삶은 윤리적 미덕만 아니라 지적 미덕도 포함한다고 하면서 플라톤과는 다른 길을 걷는다. 이렇게 해서 아리스토텔레스에게는 이성적 추론을 통해 온갖 테크네의 본질과 원리를 탐구하는 길이 열렸다.

II. 『시학』 이해를 위한 기본 개념

1. 시에 대한 플라톤과 아리스토텔레스의 서로 다른 이해

플라톤 철학은 이데아론을 중심으로 구축된 도덕철학으로 모든 것을 평가한다. 그래서 플라톤은 『국가론』에서 호메로스가 신을 잘못 묘사함으로써, 사람들 사이에서 저속한 감정을 부추겼다고 공격하고, 극은 진리가 아닌 현실을 있는 그대로 또는 저속하게 모방함으로써 사람의 저급한 감정을 부추겨 울고 웃게 하기 때문에 저속하고 기만적이라고 비판한다.

플라톤이 이렇게 과격하게 비판한 바탕에는 기본적으로 이데아론이 자리 잡고 있지만, 당시에 아테네에서 호메로스의 서사시가 기독교 역사에서 성경이 차지한 것과 같은 지위를 누리던 이유도 한몫했다. 사람들은 『일리아스』와 『오디세이아』를 신에 관해, 윤리적 행위를 위한 모범에 관해, 인간적인 온갖 관심사를 놓고 토론하고 평가하는 교과서로 여겼다. 플라톤 이전에 호메로스를 그런 식으로 과격하게 비판한 인물로는 "크세노파네스"(기원전 560년경-470년경)가 있었다. 아리스토텔레스는 『시학』에서 크세노파네스를 예로 들며, 그러한 비판은 가당치 않다고 반박한다.

이데아론을 중심으로 현실을 비판한 플라톤과는 달리, 아리스토텔레스는 이데아론을 거부하긴 했지만, 보편 개념은 여전히 중시했다. 하지만 아리스토텔레스가 보기에 보편 개념은 개별 현실에서 찾아야 했으므로, 극과 시에도 고유의 진리와 미덕이 있었다. 여기에서 플라톤이 극을 비판할 때에 그 근거로 제시한 진리 및 감정과 극의 관계를 아리스토텔레스가 어떻게 이해했는지가 중요해진다. 아리스토텔레스는 플라톤과 시각이 달랐기 때문이다.

2. 시와 진리

아리스토텔레스의 말에 따르면 시인의 소임은 실제로 일어난 일을 제시하는 것이 아니라, 필연적으로 또는 개연적으로 일어날 만한 일을 제시하는 것이다. 그런데 철학은 보편 진리를 제시하는 반면, 역사는 개별 사건을 열거할 뿐이다. 그래서 아리스토텔레스는 현실 역사 속에서 보편 개념을 제시하려는 차원에서 비극이나 서사시를 보았다.

플라톤은 인간의 현실 삶이 아니라 이상 세계에 실제로 존재하는 이데아를 전제로 했지만, 아리스토텔레스는 현실 속에 보편 개념이 있다고 보았기 때문에 이렇게 말할 수 있었다. 비극이나 서사시는 보편성과 진리를 추구하기 때문에 역사보다 우월하다.

이러한 관점은 『수사학』에서 아리스토텔레스가 보여주는 대중연설에 대한 관점에서도 확인된다. 그에 따르면 대중연설은 단순히 사람들의 심리를 이용해서 자기 목적을 달성하는 수단이 아니라, 개연성 있는 증거를 적절한 방식으로 제시하고 사람의 고유한 심리 법칙을 활용하는 학문이기 때문이다.

그러한 의미에서 아리스토텔레스는 철학은 가장 추상적이고 보편적인 진리를 추구하고, 시학과 수사학 등은 필연성이나 개연성을 토대로 그러한 진리를 현실 삶에 적용하거나 구체적인 사실에서 그런 진리를 도출해내는 것이라고 보았다.

『시학』에서 아리스토텔레스는 시의 구성요소 중에서 "플롯"을 가장 중요하게 여기고 반복해서 강조한다. 플롯은 비극에서 여러 행위와 사건을 엮어 짜서 통일된 전체로 구성한 것이다. 철학에서는 토대가 되는 이성적 추론을 통해 필연성에 입각해서 전제에서 결론을 도출해낸다면, 비극에서는 플롯이 이성적 추론의 역할을 한다. 차이점 하나는, 비극이나 서사시에서는 필연성뿐 아니라 개연성에 입각해서 추론하는 것도 허용된다는 것이다. 플롯은 기존에 알려진 이야기에 나오는 여러 행위와 사건을 전제로 삼아서 결론에 해당하는 하나의 통일된 전체를 도출한다. 이것은 역사적 사실을 그대로 서술하는 역사와 큰 차이가 있다. 그래서 아리스토텔레스는 이 점에서 시가 역사보다 더 철학적이라고 단언한다.

비극은 그러한 플롯을 바탕으로 철학적 진리보다는 감정의 정화를 통한 성숙한 인격과 미덕의 삶을 만들어내려 했다. 따라서 우리는 비극과 감정의 관계를 살펴보아야 한다.

3. 시와 감정

아리스토텔레스는 『니코마코스 윤리학』에서 도덕적인 미덕에서 감정이 중요한 역할을 한다고 말한다. 한 사람의 미덕은 성격과 사상으로 표현되고, 성격과 사상은 행위와 감정으로 표현된다. 예컨대, 절제라는 미덕은 인간의 행복에서 중요한 요소인데, 화를 잘 내거나 냉정한 감정은 절제라는 미덕을 갖추지 못했음을 보여준다. 역으로 적절한 감정을 나타낼 수 있다면 미덕을 제대로 갖추고 있다는 의미다. 플라톤은 감정을 폄하한 반면에, 아리스토텔레스는 이렇게 행위로 표현되는 감정에 성격과 사상이 나타나기 때문에, 미덕 실천에서 감정이 중요한 역할을 한다고 보았다. 아리스토텔레스는 『수사학』에서 사람의 감정을 자세하게 다루었다.

그렇다면 비극은 감정과 관련해서 사람들에게 어떤 역할을 할까? 아리스토텔레스에 의하면, 감정은 즐거움이나 고통을 수반하여 사람들의 판단에도 영향을 미치는데, 비극은 감정 중에서도 특히 공포와 연민을 불러일으키고 그것을 정화하는 과정에서 사람들에게 즐거움을 준다. 여기에서 유명한 καθαρσις(카타르시스, "정화")라는 용어가 등장한다.

아리스토텔레스 철학에서 카타르시스는 우선 사람 속에 있는 감정을 조절해서, 지나치게 많지도 않고 적지도 않은 적절한 분량의 감정, 즉 이성과 미덕에 부합하는 감정을 지니게 한다는 의미다. 하지만 아리스토텔레스가 이 용어를 사용하며 강조하고자 한 것은, 사람이 모든 감정을 미덕에 부합하는 방식으로 적절하게 경험한다면, 거기에는 즐거움만 있고 고통은 수반되지 않는다는 부분이었다. 어떤 비극을 보면서 공포와 연민이라는 감정을 경험하면서도, 그 과정에서 오직 즐거움만 느꼈다면, 그 비극이야말로 제대로 된 비극이라는 것이다.

많은 감정 중에서 공포와 연민을 강조하는 것은 비극이 주로

이 두 감정을 다루기 때문이다. 우리는 주인공이 겪는 비극적인 운명을 보면서 내게도 같은 운명이 닥칠 수 있다는 것을 알기 때문에 공포를 느끼지만, 다른 한편으로는 주인공에게 연민을 느낀다. 그리고 비극을 통해 그러한 감정을 경험하면, 실제 삶에서 그러한 감정을 조절하는 데 크게 도움이 된다. 그래서 아리스토텔레스는 비극의 고유한 목표는 공포와 연민을 불러일으켜 즐거움을 주는 것임을 누누이 강조한다. 비극은 그 목표를 달성함으로써 사람들을 도덕적인 미덕과 행복으로 인도해야 한다는 것이다.

4. 시와 모방

플라톤이나 아리스토텔레스 둘 다 비극을 비롯한 여러 예술의 본질을 "모방"(μιμησις, 미메시스)으로 보았다. 플라톤은 이데아만 진리라고 보았기 때문에, 현실의 모방인 비극이나 그 밖의 다른 예술은 진리에서 두 배로 멀리 있다고 생각했다. 반면에, 아리스토텔레스는 비극은 현실에서 보편 진리를 찾아내어 모방하는 것이라고 말했고, 철학보다는 못하지만 개별적이고 단편적인 사실을 나열하는 역사보다는 더 철학적이라고 주장했다.

비극에서 사람의 행위나 사건을 모방하는 까닭은, 비극의 목적이 감정의 정화, 즉 공포와 연민을 불러일으켜서 감정을 정화하는 데 있기 때문이다. 따라서 사람의 공감이 가장 중요하다. 이런 이유로 아리스토텔레스는 비극에서 플롯이 가장 중요하며, 플롯은 철저하게 필연성과 개연성을 토대로 구성되어야 한다고 반복해서 강조한다. 개연성 없는 행위나 사건은 원칙적으로 단 하나도 들어가서는 안 된다고 말하기도 한다. 물론 비극은 사람들의 흥미를 끄는 놀라움도 갖추어야 하고, 현실에서는 개연성 없는 일도 종종 일어나므로, 그러한 행위나 사건도 불가피하게 비극에 포함되기는 하지만, 예외적으로 사용해야 하며, 오직 비극의 목적에 부합하는 경우에만 정당화될 수 있다고 말한다.

5. 시의 목적

이렇듯 시에 대한 아리스토텔레스의 관점은 미학적이라기보다는 철학적이고 윤리적이었다. 비극은 인간의 모방 본능에서 경험을 통해 생겨났다. 모방은 즐거움을 주는 본능일 뿐 아니라, 배움의 수단이다. 인간은 모방을 통해서 단순한 기술이 아니라 보편 진리를 배운다. 인간은 역사 속에서 일어난 사건 속에서 진리 및 선과 관련된 보편 진리를 발견하고, 모방을 통해 그러한 진리를 비극과 서사시 등으로 표현한다.

그렇다면 비극과 서사시는 모방을 통해 무엇을 추구하는가? 특별히 감정과 관련된 것이었다. 플라톤과 달리 아리스토텔레스가 보기에 선한 인격과 미덕을 기르는 데 중요한 요소 중 하나는 올바르고 적절한 감정을 느낄 수 있는 안정된 성품이었다. 그러한 감정과 성품에서 올바른 판단이 나온다고 생각했기 때문이었다. 아리스토텔레스의 도덕 이론에 따르면, 선을 행하는 것이 몸에 배서 선해지듯, 올바른 감정 반응이 몸에 배야 선해진다.

이것을 비극에 적용해보자. 시인은 공포와 연민을 불러일으키는 행위와 사건을 모방해 비극으로 제시한다. 관객은 공포와 연민을 경험하지만, 현실 삶에서 이것을 직접 경험하지 않고, 주인공의 삶에서 간접적으로 경험한다. 따라서 공포와 연민 자체는 고통스러운 경험이지만, 관객은 비극을 통해 공포와 연민을 적정한 수준으로 경험하고, 그 과정에서 감정의 배출과 정화('카타르시스')가 일어나서, 고통이 아니라 즐거움을 경험하게 된다. 이렇게 해서 관객은 감정을 적정 수준으로 유지하고, 올바른 감정과 판단을 지니며, 결국 미덕을 갖춘 인격과 인품을 향해 나아가게 된다. 희극은 공포와 연민이 아니라 즐겁고 유쾌한 감정을 통해 동일한 방식으로 카타르시스가 일어난다.

III. 『시학』의 구성

『시학』은 원래 두 권으로 구성되어 있었다. 제1권에서는 비극과 서사시를, 제2권에서는 희극을 다루었지만, 지금은 제1권만 전해진다. "세귀에 소장본"(*Tractatus Coislinianus*)이라는 그리스어 사본이 전해지고, 이것이 제2권의 요약이라는 주장도 있지만, 확실하지는 않다. 현재 『시학』은 26장으로 구분되어 있다. 하지만 이러한 장 구분도 원래 있던 것이 아니라, 르네상스 시대에 그리스어 판본을 편집하면서 시작한 것이다.

『시학』은 크게 3부로 나뉜다. 제1부(1-5장)는 시 일반을 다루고, 제2부(6-22장)는 비극을 제3부(23-26장)는 서사시를 다룬다.

먼저 1-3장에서는 시 일반을 다루면서, 시는 모방이고, 시의 갈래는 모방의 수단과 대상과 방식에 따라 구분된다고 말한다. 그리고 4-5장에서 비극과 희극과 서사시의 기원 및 발전을 다룬다.

6장부터는 비극을 본격적으로 다룬다. 6장에서는 비극을 분석

하는 틀을 제시한다. 아리스토텔레스는 먼저 비극에 대한 유명한 정의를 제시하고, 거기에서 비극의 여섯 구성요소를 도출해내는데, 먼저 가장 중요한 "플롯"을 소개하고, 그런 다음 중요한 순서대로 "성격, 사상, 대사, 시각적 요소, 노래"를 소개한다.

비극은 다른 모든 시와 마찬가지로 모방이지만, 더 구체적으로는 특정한 행위에 대한 모방이다. 따라서 비극이 모방하는 특정 행위가 모인 일련의 사건을 질서 있게 배열하는 플롯이 비극에서 가장 중요한 요소다. 행위자에게는 반드시 도덕적인 특성과 지적인 특성이 있으며, 그러한 특성은 행위자의 말과 행위를 통해 표현된다. 여기에서 "성격"과 "사상"이라는 비극의 두 구성요소가 드러난다. 이렇게 해서 "플롯, 성격, 사상"은 비극이 모방하는 대상을 구성한다.

비극이 그러한 대상을 모방하려면 수단을 사용해야 한다. 비극이 모방 수단으로 사용하는 것은 운율 있는 언어인데, 이는 단독으로 쓰이기도 하고, 선율과 결합하기도 한다. 전자를 "대사", 후자를 "노래"라고 한다. 이렇게 해서 비극의 모방 수단과 관련된 두 구성요소가 추가된다.

끝으로, 비극은 극을 통한 시적 모방이다. 따라서 비극은 특정한 행위를 "극"이라는 방식으로 표현한다. 따라서 극이 되는 데 필요한 시각적 요소가 비극의 마지막 구성요소가 된다. 하지만 아리스토텔레스는 비극이 본질적으로 시(詩)이므로, 극으로 공연되지 않고 시각적 요소가 없더라도 비극으로서 효과를 낼 수 있어야 한다고 강조한다. 따라서 시각적 요소는 소품 제작자가 담당할 일이지 시인이 책임질 일은 아니라고 말한다.

여섯 구성요소 중에서 플롯이 가장 중요하기 때문에 아리스토텔레스는 7-18장에 걸쳐서 플롯을 집중적으로 다루면서 다른 구성요소를 설명한다. 7-11장에서는 플롯의 본질, 플롯의 종류를 소개하고, 플롯을 이루는 세 부분인 반전, 인지, 수난을 설명한다. 12장에서는 비극의 네 구성 부분인 서장, 에피소드, 종장, 합창을 소개하면서, 비극의 구성요소 중 "노래"를 다룬다. 13-14장은 플롯을 어떻게 구성해야 비극의 효과를 극대화할 수 있는지를 다룬다. 15장에서는 비극의 구성요소 중 "성격"을 다루고, 16-18장에서는 플롯에 대한 나머지 고찰이 이어진다. 19장에서는 비극의 구성요소 중 "사상"을, 20-22장에서는 "대사"를 다룬다.

23-26장은 서사시를 설명한다. 23-24장에서 서사시와 비극의 공통점과 차이점을 중점적으로 제시한 후에, 25장에서는 서사시와 관련해서 제기되는 여러 비판이 오해에서 비롯된 것임을 호메로스의 『일리아스』를 예로 들어 설명하고 그 해결책을 제시한다. 그리고 마지막으로 26장에서 아리스토텔레스는 사람들은 서사시가 비극보다 더 우월하다고 말하지만, 사실은 동일한 효과를 훨씬 더 압축적으로 보여주는 비극이 서사시보다 우월함을 논증한다. 여기에서 우리는 왜 아리스토텔레스가 서사시가 아니라 비극을 중심으로 시학을 전개했는지를 알 수 있다.

IV. 맺는 말

고대 그리스, 특히 아테네는 인간 문화가 포괄적으로 탄생한 지역이라고 할 만하다. 그곳에서는 자연과 철학이 구분되지 않았고,

서로 조화를 이루면서 한데 어우러졌다. 초기에는 신화적인 신관과 자연관이 압도하다가, 소크라테스라는 인물이 등장하면서 이성과 추론을 중심으로 하는 학문 방법론이 정립된다. 소크라테스는 철학 체계를 세운 인물이라기보다는 철학을 비롯한 모든 학문의 방법론을 세운 인물로 보는 것이 맞다. 아테네가 전성기를 맞이한 기원전 5세기 전후로 그리스에서는 테크네라고 불리는 온갖 실용 지식과 기술이 만개했고, 이것을 담당한 지식인이 바로 소피스트였다. 소피스트는 실용성을 추구했기 때문에 합리성과 보편성을 무시하는 경우가 흔해서, 소피스트의 추구와 시도는 학문으로 발전하지 못하고, 기술에 머물렀다. 이것을 학문으로 발전시키는 일에 토대를 마련한 이가 바로 소크라테스였다.

소크라테스의 제자 플라톤은 많은 대화편을 통해 스승을 후대에 소개했으며, 스승의 철학 방법론 위에 철학, 정치학, 윤리학의 체계를 구축했으나 모든 이론에서 이데아를 전제함으로써 이상과 보편을 제시하는 데 그쳤다. 플라톤에게 현실은 진리와 선일 수 없었으므로 그의 철학 체계는 현실에서 구현할 수 없는 것이었다. 플라톤의 철학이 지닌 이러한 모순이 해결되려면 제자인 아리스토텔레스를 기다려야만 한다.

아리스토텔레스는 플라톤 철학의 핵심이면서 동시에 장애물이던 이데아론을 제거하는 것부터 시작했다. 이데아론을 제거하지 않으면 현실로 내려올 수 없었고, 그가 생각하는 진정한 학문을 시작할 수 없기 때문이다. 아리스토텔레스는 논리학과 관련된 여러 저작을 통해 소크라테스가 제시한 철학 방법론을 체계화해 완성한다. 그리고 그 토대 위에서 자연과 관련된 철학적 탐구를 진행하는 한편,

인간 사회에 관해서는 윤리학과 정치학, 인간 문화에 관해서는 수사학과 시학을 발전시켰다.

아리스토텔레스는 당시 그리스인의 삶에 깊이 뿌리내린 비극과 서사시가 자신의 철학 체계인 윤리학 및 정치학과 닿아 있음을 발견하고, 비극과 서사시를 단순한 유흥거리가 아니라 삶에서 철학의 목표를 이루어나가는 행위로 보았다. 아리스토텔레스는 『수사학』이라는 저작을 통해, 소피스트가 그저 기술로만 취급한 대중연설이나 법정 변론을 하나의 철학이자 학문으로 끌어올렸듯이, 『시학』이라는 저작을 통해 당시 많은 시인이 본능에 따라 쓰고 대중은 재미로 즐기던 비극과 서사시를 하나의 철학이자 학문으로 끌어올렸다.

따라서 『시학』의 진가는 인간 사회와 삶에서 본능적으로 행하던 것 속에서 진리와 선의 실체를 발견해내고, 철학이 추구하는 목표인 진정한 행복(εὐδαιμονία, 유다이모니아)이 거기에 있음을 보여주었다는 점에서 찾을 수 있다.

V. 텍스트

1. 아리스토텔레스의 『시학』의 번역 대본으로는 다음 그리스어 원전을 사용했다. S. Halliwell, *Aristotle: Poetics*, Loeb Classical Library(Harvard University Press, 1995). 번역과 주해를 위해 참고한 번역본으로는 A. Kenny의 *Aristotle: Poetics*, Oxford World's Classics(Oxford University Press, 2013), M. Heath의 *Aristotle:*

Poetics(Harmondsworth: Penguin Books, 1996), Richard Janko의 *Aristotle: Poetics*(Hackett, 1987) 등이 있다.

2. 아리스토텔레스의 『시학』을 인용하거나 참조할 때에 편리하도록 Immanuel Bekker, *Aristotelis Opera*(Berlin, 1831)에 수록된 본문의 쪽과 단과 행을 표기했다. 『시학』은 베커 판본의 1447-1462쪽에 수록되어 있고, 2단으로 되어 있어서 a는 왼쪽 단, b는 오른쪽 단을 나타낸다. 예컨대, 1456a15는 1456쪽 왼쪽 단 15행을 가리키고, 1456b20은 1456쪽 오른쪽 단 20행을 가리킨다.

3. 『시학』 각 장의 제목은 그리스어 원문에는 나오지 않기 때문에, 역자가 앞에서 언급한 여러 번역본을 참고해서 붙였다.

4. 고유명사는 대체로 문체부의 외래어 표기법을 따랐고, 그리스어를 음역한 경우에는 아티케 그리스어의 원래 발음을 그대로 표기했다.

아리스토텔레스 연보

기원전

427년 소크라테스의 제자이자 아리스토텔레스의 스승이 될 플라톤이 고대 그리스 아테네의 유력한 가문에서 출생.

399년 소크라테스가 아테네에서 사형선고를 받고 사망.

385년경 플라톤이 아테네에 아카데메이아 설립.

384년 그리스 북동부 칼키디키의 작은 성읍 스타게이로스의 부유한 가문에서 아리스토텔레스 출생. 마케도니아 왕의 주치의였던 아버지는 요절.

367년 어머니 사망 후, 후견인이 플라톤의 아카데메이아로 보냄. 20년 동안 학생과 교사로 지냄.

347년 플라톤이 죽자, 아카데메이아를 조카 스페우시포스에게 맡기고 철학의 후원자였던 헤르메이아스왕의 초청으로 소아시아 아소스로 가서 머물면서, 왕의 조카 피티아스와 결혼해서 딸을 낳음.

345년 헤르메이아스왕이 죽자, 레스보스 섬의 미틸레네로 가서 자연과학을 연구.

342년 마케도니아의 필리포스 2세의 요청으로 나중에 알렉산드로스 대왕이 될 그의 아들의 가정교사가 됨.

338년 마케도니아의 필리포스 2세가 그리스 연합군을 이기고 그리스의 맹주가 됨.

336년 마케도니아의 필리포스 2세가 죽고, 알렉산드로스 대왕이 즉위.

335년 아테네로 돌아가서 리케이온이라는 독자적인 교육기관을 설립. 아내 피티아스가 죽자, 동향 사람이자 노예인 헤르필리스와 동거하며 아들 니코마코스를 얻음. 이때부터 10여 년 동안 저작 대부분을 저술.

323년 알렉산드로스 대왕이 죽고, 아테네에 반마케도니아 정서가 확산되어 불경죄로 고발되자, 어머니 가문의 영지가 있는 에우보이아의 칼키스로 떠남.

322년 칼키스에서 62세로 죽음.

옮긴이 박문재

서울대학교 법과대학 법학과와 장로회신학대학교 신학대학원 및 동 대학원을 졸업했으며, 독일 보쿰 Bochum 대학교에서 수학했다. 또한 고전어 연구 기관인 Biblica Academia에서 오랫동안 고대 그리스어와 라틴어를 익히고, 고대 그리스어와 라틴어 원전들을 공부했다. 대학 시절에는 역사와 철학을 두루 공부하였으며, 전문 번역가로 30년 이상 신학과 인문학 도서를 번역해왔다.
역서로는 『자유론』(존 스튜어트 밀), 『프로테스탄트 윤리와 자본주의 정신』(막스 베버), 『실낙원』(존 밀턴) 등이 있고, 라틴어 원전 번역한 책으로 『고백록』(아우구스티누스), 『철학의 위안』(보에티우스) 등이 있다. 그리스어 원전에서 옮긴 아우렐리우스의 『명상록』과 『소크라테스의 변명·크리톤·파이돈·향연』, 『아리스토텔레스 수사학』은 매끄러운 번역으로 독자들의 호평을 받고 있다.

현대지성 클래식 35

아리스토텔레스 시학

1판 1쇄 발행 2021년 3월 3일
1판 6쇄 발행 2024년 9월 5일

지은이 아리스토텔레스
옮긴이 박문재
발행인 박명곤 **CEO** 박지성 **CFO** 김영은
기획편집1팀 채대광, 김준원, 이승미, 김윤아, 이상지
기획편집2팀 박일귀, 이은빈, 강민형, 이지은, 박고은
디자인팀 구경표, 유채민, 임지선
마케팅팀 임우열, 김은지, 전상미, 이호, 최고은

펴낸곳 (주)현대지성
출판등록 제406-2014-000124호
전화 070-7791-2136 **팩스** 0303-3444-2136
주소 서울시 강서구 마곡중앙6로 40, 장흥빌딩 10층
홈페이지 www.hdjisung.com **이메일** support@hdjisung.com
제작처 영신사

"Curious and Creative people make Inspiring Contents"
현대지성은 여러분의 의견 하나하나를 소중히 받고 있습니다.
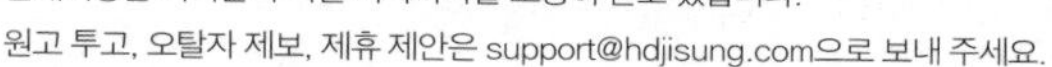
원고 투고, 오탈자 제보, 제휴 제안은 support@hdjisung.com으로 보내 주세요.

현대지성 홈페이지

이 책을 만든 사람들
편집 채대광 **디자인** 구경표

"인류의 지혜에서 내일의 길을 찾다"

현대지성 클래식

1 그림 형제 동화전집 | 그림 형제
2 철학의 위안 | 보에티우스
3 십팔사략 | 증선지
4 명화와 함께 읽는 셰익스피어 20 | 윌리엄 셰익스피어
5 북유럽 신화 | 케빈 크로슬리-홀런드
6 플루타르코스 영웅전 전집 1 | 플루타르코스
7 플루타르코스 영웅전 전집 2 | 플루타르코스
8 아라비안 나이트(천일야화) | 작자 미상
9 사마천 사기 56 | 사마천
10 벤허 | 루 월리스
11 안데르센 동화전집 | 한스 크리스티안 안데르센
12 아이반호 | 월터 스콧
13 해밀턴의 그리스 로마 신화 | 이디스 해밀턴
14 메디치 가문 이야기 | G. F. 영
15 캔터베리 이야기(완역본) | 제프리 초서
16 있을 수 없는 일이야 | 싱클레어 루이스
17 로빈 후드의 모험 | 하워드 파일
18 명상록 | 마르쿠스 아우렐리우스
19 프로테스탄트 윤리와 자본주의 정신 | 막스 베버
20 자유론 | 존 스튜어트 밀
21 톨스토이 고백록 | 레프 톨스토이
22 황금 당나귀 | 루키우스 아풀레이우스
23 논어 | 공자
24 유한계급론 | 소스타인 베블런
25 도덕경 | 노자
26 진보와 빈곤 | 헨리 조지
27 걸리버 여행기 | 조너선 스위프트
28 소크라테스의 변명·크리톤·파이돈·향연 | 플라톤
29 올리버 트위스트 | 찰스 디킨스
30 아리스토텔레스 수사학 | 아리스토텔레스
31 공리주의 | 존 스튜어트 밀
32 이솝 우화 전집 | 이솝
33 유토피아 | 토머스 모어
34 사람은 무엇으로 사는가 | 레프 톨스토이
35 아리스토텔레스 시학 | 아리스토텔레스
36 자기 신뢰 | 랄프 왈도 에머슨
37 프랑켄슈타인 | 메리 셸리
38 군주론 | 마키아벨리
39 군중심리 | 귀스타브 르 봉
40 길가메시 서사시 | 앤드류 조지 편역
41 월든·시민 불복종 | 헨리 데이비드 소로
42 니코마코스 윤리학 | 아리스토텔레스
43 벤저민 프랭클린 자서전 | 벤저민 프랭클린
44 모비 딕 | 허먼 멜빌
45 우신예찬 | 에라스무스
46 사람을 얻는 지혜 | 발타자르 그라시안
47 에피쿠로스 쾌락 | 에피쿠로스
48 이방인 | 알베르 카뮈
49 이반 일리치의 죽음 | 레프 톨스토이
50 플라톤 국가 | 플라톤
51 키루스의 교육 | 크세노폰
52 반항인 | 알베르 카뮈
53 국부론 | 애덤 스미스
54 파우스트 | 요한 볼프강 폰 괴테
55 금오신화 | 김시습
56 지킬 박사와 하이드 씨 | 로버트 루이스 스티븐슨
57 직업으로서의 정치·직업으로서의 학문 | 막스 베버
58 아리스토텔레스 정치학 | 아리스토텔레스
59 위대한 개츠비 | F. 스콧 피츠제럴드

현대지성 클래식 살펴보기